KB153418

종이책 발행일 2021년 9월 8일
전자책 발행일 2021년 10월 8일
1판 1쇄 발행

글 그림   이레이다
디자인 출판   전기장판
교정교열   다미안
홈페이지   epadbook.com
문의   mail@epadbook.com

-**김상제**, 교보 손글씨 2020, 경기청년 바탕체, Gowun Batang체를 사용하였습니다.

불안을 담은 캐리어

이레이다 소설

◇◇◇◇◇◇◇ 불안을 담은 캐리어 🇪🇸 🇬🇧 ◇◇◇◇◇◇◇◇◇◇◇◇◇◇◇◇◇◇◇◇◇

목차

여행은 삶이다 _이지수

작가의 말 _이레이다

불안을 담은 케

그러니까, 그게 언제였더라. 고등학생 시절부터 이야기하면 되겠다. 여자 중학교를 졸업했고, 너무나 당연하게 여자 고등학교에 진학했다. 집 앞에 있던 여고는 야간자율학습을 빼주지 않으니 절대 가지 말라는 미술학원 언니들의 조언이 있었다. 고등학교 1학년 때부터 꾸준히 대학 주최 미술대회에서 상을 타야 대입에서 가산점을 받을 수 있다는 말에, 집에서 50분 걸리는 곳에 있는 야간자율학습을 잘 빼준다는 목련여자고등학교로 진학했다.

다들 근처 중학교에서 왔기에 아는 얼굴들은 삼삼오오 모여 친구가 되었고, 나만 홀로 있었다. 쉬는 시간, 그 짧은 10분의 어색함을 덮어줄까 해서 꺼냈던 그놈의 학원 전단지. 그때 그 종이를 꺼내는 게 아니었다. 영어 이동 수업 교실에 도착하고 가방 속에 꼬깃꼬깃 문학, 역사 교과서 사이에 삼각형 모양으로 끼어 있던 그 종이를 꺼냈던 그날만 아니었다면 그 아이를 만나지 않았을 텐데…

"안녕? 너도 여기 대학 학원 단과반 다니니? 반가워! 난 주말반 다니는데, 너는?"

이게 민정이와의 첫 만남이었다. 마른 체형에 여느 여고생의 헤어스타일과 다를 것 없는 긴 머리, 누가 봐도 미용실 파마머리였다. 그러나 '컬을 넣지 않은 자연 곱슬머리'라는 거짓말이 통할 수 있던 것은 민정이가 공부를 잘했기 때문이다. 그때는 '학교는 작은 사회와 같다'는 말이 선생들이 학교에서는 자신들이 가장 높은 최상위 포식자의 위치에 있음을 각인시키고자 하는 우월 의식에서 만들어낸 말인 줄 알았다. 그때는 모든 상황이 불평등했고, 불합리했다. 왜 이유를 설명해주지 않냐고 따지면 반성문 3장과 벌점이 내 반/번호/이름 옆에 주렁주렁 달렸고, 이런 상황이 반복되면서 자연히 불만은 입 밖으로 나오지 않게 되었다. 덕분에 벌점은 줄어갔고, 고등학교 1학년의 생기발랄한 눈빛은 해가 지날수록 흐리고 탁해졌다.

민정이와는 단 한 번도 같은 반이 된 적 없지만 우리는 단짝이 되었다. 딱히 공부하는 모습은 볼 수 없었지만 민정이는 공부도 잘했고, 노력하지 않아도 살이 찌지 않았다. 친구들의 환심을 사고자 용돈을 모아 큰맘 먹고 막대사탕 5개와 피크닉 음료 5개를 가방에 챙겨 오는 수고를 하지 않아도 그 아이 주변은 북적였다. 말수가 많진 않았지만 그 아이는 말을 잘했다. 차분한 톤으로 자신의 의견을 말했고, 주장한 게 이뤄지지 않아도 고개를 곧게 들어 옅은 미소를 띠고 교실로 돌아가는 그녀는 항상 승자였다.

우리는 점심시간마다 만나서 한 끼 밥을 먹고 오전 시간의 불만을 공유했다. 같은 반이 아니어서 반 친구 이름을 정확히 말하며 헐뜯어도 마음이 놓였다. 물론 1학년 때는 다소 불안함이 있었지만, 곧 문과냐 이과냐를 고민하고 결정하는 순간이 다가오면서 우리가 같은 교실에서 지낼 가능성이 0에 가깝다는 것을 확인한 우리는 더욱 과감하게 속 이야기를 나눴다. 내가 가진 불만이 어디로 전달되지 않을 거라는 보장 없는 믿음이었다. 민정이와 이야기할 때면 내 불안한 상태를 정리하여 말하는 게 아니라 지금 시점에서 5분 전, 5분 후, 그리고 다음 날의 시점까지 '불안'의 강도를 상상하며 말했다. 소설 속 등장인물들과 자신을 혼동하는 게 아니냐고 민정이가 내 정신 상태를 걱정하는 말을 했을 때 나는 순박하게 **"난 책은 안 읽어"**라고 답하곤 했다.

실제로 내 부모님은 독서와는 거리가 먼 사람들이었다. 주로 영화나 드라마를 틀어두고 대사를 외울 때까지 보는 사람들이었는데, 나는 무의식중에 그런 모습이 당연해졌는지 책을 읽는 것은 영화나 드라마를 보는 것과 같다는 정신승리로 독서와 드라마, 영화 보기 사이에 등호를 놓았다. 우리 둘은 서로 크게 공감하는 이야기는 하지 않았다. 그럼에도 3년을 친한 친구라고 생각했던 이유는 함께 시간을 많이 보냈기 때문이기도했고, 또한 그녀 말고 딱히 친구라고 칭할 같은 고등학교 친구가 없어서 공허한 나란 인간을 보호하기 위함이었다.

생각해보면, 우리가 친한 친구라고 서로를 지칭한 것은 식사를 함께한다는 '식구' 정도의 의미였을지도 모른다. 민정이와의 친구 관계에서는 좋아하는 가수도, 좋아하는 음식이나 색상도 그 무엇도 없었다. 민정이의 취향에 대해 내가 아는 것은 독서를 좋아하고 가끔씩 프랜차이즈 햄버거 집에 가서 필사를 하는 고상한 버릇이 있다는 것이 고작이었다. 우리가 함께 학교 운동장이나 길을 걷던 순간들을 떠올려보면 그 아이는 계속해서 재잘거리며 자신이 뭘 좋아하고 싫어하는지 말했다. 그런데 정작 내 목소리나 내가 말하는 모습이 기억나질 않았다. 내가 뭘 좋아하는지, 어떤 삶을 추구하는지, 무엇이 되고 싶은지 그 아이에게 말한 적이 있었는지 머리를 싸매고 기억하려 했지만 아무런 기억이 나질 않았다.

'희정아, 난 말야. 이런 사람이 되고 싶어. 그리고 이런 삶을 살고 싶고, 난 이게 좋고 이게 싫어. 난 너의 이런 점이 좋아. 나는 네가 이런 걸 했으면 좋겠어…'

그녀와의 대화는 줄곧 이런 식이었다. 우리는 만나면 주로 그녀가 뭘 좋아하고 싫어하는지, 가족과의 관계는 어떻고 앞으로 삶은 어떻게 살 것인지 등을 이야기했다. 먹고 싶은 음식이나 듣고 싶은 음악, 보고 싶은 영화 따위는 모두 그녀가 정했지만, 왠지 불합리한 상황이라는 생각이 들면서도 우리 관계는 그렇게 유지가 되었다.

매달 수강증을 새로 결제해야 하는 '대학학원' 단과반은 학교보다 더 사회 같던 곳이었다. 어떤 강사가 이 학원에서 제일 돈을 많이 버는지, 누가 인기가 많고 소위 잘나가는 강사인지는 매월 수강 신청이 오픈되는 21일, 게시판에 붙은 마감 딱지로 알 수 있었다. 학생들은 학교 수업 때문에 일타 강사 수업을 들을 수 있는 달과 없는 달이 있었다. 엄마나 아빠가 대신 수강표를 끊어주는 아이들은 마음 편히 수업을 들었고, 인기 강사의 수강증을 편히 끊느냐 마느냐는 부모님이 아이에게 얼마나 신경 쓰는지 보여주는 지표이기도 했다. 물론 사람을 사서 줄을 대신 서게 하는 경우도 있어서, 대입과는 거리가 있어 보이는 할머니, 할아버지도 수강 신청 대기 줄에 왕왕 서 있었다. 학교 수업이 끝나고 빠르게 교문을 벗어나 대학학원 수강 신청 접수대로 달려가보아도 학원 입구부터 옆옆 건물까지 "수강 신청서 강사 선택 'ㅇㅇ'"이 적힌 종이를 들고 꼬리 물어 줄 서 있는 부모들의 그림자를 지나칠 때마다, 난 저 강사의 수업과는 스타일이 맞지 않는데 왜 다들 'ㅇㅇ' 선생님 수업에 안달인지 모르겠다고 생각하며 한심한 눈으로 그들을 흘겨봤다.

　　나는 단 한 번도 'ㅇㅇ' 선생님의 수업을 수강한 적 없었다. 수업 시작 전부터 앞자리에 앉고자 미리 줄 서 있는 것도 싫었고, 매달 수강증을 끊기 위해 긴 줄을 서야 하는 것도 싫었다. 어차피 공부는 내가 하는 것인데 선생님이 잘 가르쳐봤자 그게 그거 아니냐는 생각으로 도리어 가장 인기 없는 선생님의 수업을 골라 들었다. 덕분에 수강 신청을 하려고 줄을 설 필요도, 수업 전부터 줄 서서 들어갈 필요도 없었다.

"희정아, 이번 달부터 'ㅇㅇ' 선생님 수업 들어. 주말엔 내 수업 끝나고 7시 10분에 저녁 먹자. 아, 이번 달 시간표 딱 좋아."

"민정아, 나 이번 달부터 미술학원 토요일까지 가서 이 시간 수업은 못 들어. 그리고 네 거 끊을 때 내 것도 해주든지…

'ㅇㅇ' 선생님 수업… 난 아예 시간표가 다른데…"

"왜? 미술학원을 평일에도 내내 가면서 토요일도 간다고? 아, 그럼 나는 저녁 누구랑 먹지? 왜~ 너 그림 잘 그리잖아. 토요일은 그냥 미술학원 안 가고 나랑 학원에서 공부하면 안 돼? 넌 자습실에서 공부하다가 나 수업 끝나면 나오면 되잖아."

"미술학원 수업을 어떻게 빼먹어. 나는 문과 공부랑 실기 공부도 해야 한다고. 지금 너랑 듣는 수업도 나한텐 별로 안 맞는 수업이기도 하고... 그러니까 이제 다른 친구들이랑…"

"다른 친구 없어. 여기 학원 우리 동네에서 멀어서 난 너 말고 없단 말이야. 저녁에 혼자 밥을 어떻게 먹어!"

민정이와 매달 매 분기마다 이런 대화를 주고받았고, 아이러니하게도 우린 재수 생활까지 대학학원에서 같이 했다. 재수 생활 할 때도 그녀의 생각과 생활 패턴이 내 생활을 주도했지만, 다행히 그녀가 서울로 재수 학원을 다니게 되면서 상황이 나아졌다.

우린 다른 대학에 갔지만 연락을 이어갔다. 주로 전화를 거는 쪽은 민정이었고, 주로 전화를 받지 않는 쪽은 나였다. 시간이 지나 민정이가 내 친구 문제, 전공 과제, 주말 스케줄을 간섭하기를 넘어 남자친구와 자신 중에서 하나를 고르라는 한층 업그레이드된 질문을 하기 시작할 즈음 나도 한 겹 성숙에 가까워졌다.

"희정아, 넌 무슨 남자친구가 그렇게 자주 바뀌냐? 아주 끼를 뿌리고 사나 봐. 난 너처럼 아무나 만나지 않을 거야. 내가 얼마나 바쁘게 사는데, 남자친구 매주 만나고 전화 통화 하려면… 어후.

넌 어떻게 계속 만나지도 않을 남자친구를 '진짜 친구'보다 먼저 챙기냐고. 쯧쯧. 내가 어떤 남자가 너한테 잘 어울리는지 봐줄게. 그러니까 이번 주는 나랑 만나. 어때? 저번에 보니까 여기가 아주 핫해."

"나 여기 남자친구랑 다녀왔는데… 그리고 나 과제도 해야 하고, 매번 서울 와서 너 만나는것도 어려워. 남자친구는 학교에서 만나 니까 자주 볼 수 있는 거고…"

"아 짜증 나. 넌 시골에서 학교 다니면서, 미술 하는 애가 서울에 와서 이것저것 보고 그래야지. 내 말 들어. 너 내가 하는 말이 다 너 좋으라는 건데 아직도 모르겠어?"

"민정아, 근데 너 지민이랑 친했잖아. 걔랑은 요즘 안 만나?"

지민이는 목련여자고등학교의 수재였다. 민정이는 지민이의 이야기를 참 많이 했었다. 난 지민이와 대화해본 일이 없었지만 그녀와 알고 지낸 사이 같을 정도로.

"지민이 서울대 갔잖아. 역시 다르더라. 지민이 요즘 완전 여신이 야. 다 예뻐…"

지민이의 근황과 그녀의 패션, 그녀의 독서 리스트, 서울대의 삶, 그 모두는 민정이가 동경하는 삶이었다. 민정이는 좀 전까지 연애를 하는 '나'를 타박했고, 과제와 아르바이트, 연애로 바쁜 게 내가 부족해서라고 말했지만, 같은 조건의 지민은 칭찬했다. 어쩜 시간을 그렇게 잘 사용하는지 지민은 좀처럼 시간이 나지 않아 만날 시간이 없다는 말이 집으로 돌아가는 버스에서 내내 맴돌았다. 대학에 오면 시간이 많을 줄 알았는데. 난 언제나 정신없는 삶을 살고 있다.

아, 엄마가 그랬다. 그런 식으로 공부하면 시골 대학에 다니게 될 거라고. 엄마 말대로 나는 시골 한적한 동네의 대학을 다니고 있었다. 안산에서 충주까지 고속버스로 2시간 반, 가는 길에 2번은 자다 깨야 도착할 정도로 멀었다. 그렇다 보니 한 주를 살고 주말에 안산에 오고 가는 버스에서 생각을 정리하는 버릇이 생겼다. 이번 주제는 '친구'.

친구 이름에 '좋은'과 '나쁜'이라는 수식어를 다는 일은 참 어렵다. 인생의 쓴맛인 가나다군 광탈을 경험하고 재수라는 1년의 좌절로 나는 성장했다고 생각했었다. 그래. 정확하게는 **"우리 다시는 만나지 말자"**라고 서툴고 미련한 방식으로 이별을 통보하며 첫 연애를 끝낼 때 '관계'를 배웠다. 만난 기간을 손가락으로 세며 추억을 함께 기록하고, 무슨 일이 있어도 없어도 연락하는 '사랑하는 사람'이 몇 차례 바뀌는 일은 20대인 내겐 언제부턴가 낯선 일이 아니었다. 헤어지고 새로 만나는 일 따위는 계속 봐야 하는 친구, 가족 관계보다 쉬웠는지도 모른다. 그러다 어느 날 남자친구와의 만남과 헤어짐이 다른 관계보다 쉬웠던 이유가 궁금해졌다. 민정이 말로는 내가 '쌍년'이라 그런 거라던데. 정말 그런 건지.

충주 IC 간판이 보인다. 이제 내릴 준비를 해야 했다. 핸드폰으로 오늘 수업 시간표를 보고 버스 좌석 앞 망사 주머니에 두고 가는 물건이 있는지 확인하면서도 생각은 이어갔다. 민정이. 나는 왜 이 친구에게 꼼짝하지 못하는 걸까. 사랑한다는 말을 주고받은 남자들, 대학교에서 새로 만나는 친구들에겐 칼 같은 나인데.

특별한 일 없이 고등학교 3년이 지나갔고, 특별한 추억 없이 지나간 고등학교 3년에 대학 4년이 더해져 마음속에 큰 구멍이 났다. 그 공허함은 오직 대학 진학을 위해 나를 돌보지 않았기에 난 것이고 책임은 내게 있었으나, 구멍을 키우는 데 부모님과 민정이가 큰 도움을 주었음을 이제는 말할 수 있다. 문제를 안다는 거, 인지했다는 게 정말 중요한 거니까.

버스에서 내려 디자인 대학으로 발걸음을 옮겼다.

"오늘은 그림 그리다가 맥주 한 캔 마시고 자려구. 연락 안 될 거야. 요즘 집중이 안돼서 핸드폰 꺼둘 거거든… 미안해…"

따뜻한 그의 손을 쓰다듬으며 데이트의 마지막 대사로 오늘 저녁엔 연락이 안 될 거라는 말을 했다. 연석은 고개를 끄덕이고 내 어깨를 툭툭 두드린 후, "그림 잘 그려! 나도 오늘은 게임도 하고 공부해야겠다~!"라고 말했다. 그는 내가 집중하면 아무것도 들리지 않는다는 것, 그리고 시간 개념이 사라진다는 것, 밤을 잘 새운다는 것, 술을 마시며 그림을 그린다는 말을 그대로 받아들였다. 가끔은 이런 부탁을 했다. 친구들과 술 한잔하는 날이면, 술에 취하기 전에 혹시라도 자리를 이동하게 되면 장소 정도만 문자로 보내달라고. 그리고 술자리가 12시를 넘겨도 전화를 걸지 않았다. 친구들은 연애를 하면서도 잘 놀러 나오는 나를 신기해했고, 가끔은 그 남자가 널 사랑하는 걸 의심해봐야 한다고 말했다.

"니들이나 잘해. 이 사람은 안 그래."

당당하고 자랑스레 말하면서도 이젠 이 그룹에서 연애 상담하긴 글렀구나 싶어 아쉬웠다. 술자리를 제한하거나 전화를 걸지 않으면서 스킨십에 적극적이지 않은 내 남자친구와의 연애 상담은 앞으로 어디서 해야 하나. 술 한 잔에 고민을 삼켰다.

띠링띠링-
전화가 울리자 친구들이 남자친구냐고 물었다. 이 자리로 불러 얼굴 좀 보자며 얼마나 똑똑한 사람인지 자신들이 검증하겠다고 새빨간 얼굴로 테이블을 두들겼다. 그 모습이 마치 오랑우탄 무리 같아서 이 속에서 함께 술잔을 기울이는 나도 오랑우탄이겠구나, 쓴웃음을 지었다. 민정이 전화다.

"어. 무슨 일이야?"
"야 너 왜 이렇게 전화를 안 받아? 내가 전화한 거 몰랐어?"
"아니, 부재중 봤어. 바빴어. 근데 왜?"
"너 지금 어디야? 바빠? 나랑 만나자. 나 할 얘기 있어."

"나 친구들이랑 술 마시고 있는데…"

"친구랑? 넌 왜 나랑은 안 놀고 맨날 남자친구랑 다른 친구들이랑만 노냐? 치사해."

"…지금은 힘들고, 나중에 연락할게."

"알겠어. 내일 연락해. 잘 놀고!"

"응 쉬어."

아, 내일이 오면 민정이에게 전화를 해야 한다. 나는 그녀가 말하는 할 말이 뭐든 그저 내일 그녀의 이야기를 들어야 한다는 사실을 안주 삼아 술을 마셨다.

다음 날 말도 없이 집 앞으로 찾아온 민정이는 이번 주말에 나와 함께 한강에 배를 타러 가야겠다며 시간을 비우라고 했다. 그녀가 집 앞에 와서 전화를 건 순간 나는 막 그림을 그리려 이젤 앞에 앉았고, 조금 전엔 엄마가 방에 들어와 다른 집 큰딸들은 취직해서 얼마를 벌어서 뭘 해줬고 누구는 결혼해서 사위가 뭘 해줬다는 말들을 한 포대 풀어놓아 골치가 아팠는데… 집 앞까지 찾아와 전화를 건 민정이의 전화를 받고야 말았다. 원래라면 받지 않았어야 했지만, 이미 생각을 하며 행동하기엔 지친 상태여서 수화기 통화 버튼을 누르고 말았다.

집 앞이니까 아무거나 걸치고 빨리 나오라고 보채던 그녀는 내 시간을 확인하더니 혼자 한강에 함께 갈 약속과 계획을 잡고 집으로 돌아갔다. 이런 날 그림을 그려서는 안 됐다. 지금 팔레트에 만든 색을 그림에 덧대면 내일의 내가 오늘의 내가 헝클어놓은 이것까지 풀어야 할 걸 알기에, 그림 앞에 앉지 않고 냉장고에서 맥주를 꺼내 벌컥벌컥 마셨다. 20대의 시간은 시속 20km로 지나간다고 들었다. 이렇게 시간이 빠르게 지나가고 나는 오늘도 그림 진도를 나가지 못했다. 내일 아침이면 꼬맹이들 그림을 가르치는 일로 정신없이 시간이 흐르고, 오늘 금요일은 어떤 티끌만큼의 소득 없이 다음 주 금요일이 되겠지. 속이 쓰니 술이 달았다.

　　대학을 졸업하고 어느 무리에 소속되지 않은 내 시간은 언제든 일정을 조율하고 지우고 수정해도 되는 것처럼 보였나 보다. 누가 만나자고 할 때 '나 그림 그려야 돼'라는 대답이 그저 핑계로 들리는지 '그림은 언제까지 그리게?' 따위의 질문이 날아오면 그게 '오늘 얼마나 그리고 잘 거냐'는 질문인지 '언제까지 돈 안 되는 이 짓을 하며 버틸 거냐'는 말인지 구분할 순 없었지만 어느 질문에도 답하고 싶지 않았다. 전자의 질문엔 '도저히 졸려서 붓을 집어 들 수 없을 때'까지 그리고 자겠다고 답할 것이었고, 후자에도 '도저히 이 길이 내 길이 아니라고 느껴질때 붓을 내려둘 거'라는 답을 할 거니까. 두 질문의 방향은 달랐지만 답은 같았다.

　　술에 취한 또 다른 어느 날엔 작가노트를 써야겠다고 책상에 앉았다. 가사가 들리지 않을 만큼 외워버린 가수의 앨범을 틀

어두고 문을 잠갔다. 종이 한 장과 연필을 두고 앉은 자리에서 잘 보이도록 20호 캔버스와 30호를 이젤에 기대어 두었다. 내가 어떤 고민과 생각을 하는지 알지 못하면서 그림을 그렸기에, 이 감정과 기분이 어디에서 만들어졌고 지금의 형태는 어떤지 알고 싶어서 그림을 그렸던 나니까, 한참을 그린 뒤 그려진 그림을 지그시 바라봐야 겨우 내 상태를 알 수 있었다. 그림을 그리는 것은 보이지 않는 내 마음과 감정을 보여주는 거울을 보는 일이었다. 파운데이션을 바르고 가루 팩트와 컨실러로 피부 잡티와 흉터를 지운 뒤 섀도로 음영을 강조하고, 눈꺼풀에 색을 더해 오늘의 몸 상태와 기분을 상대가 알 수 없도록 같은 색감의 미소를 입었다. 나를 감추는 미소 때문에 '진짜 나'를 볼 수 없는 상태. 그림이란 거울로만 볼 수 있는 내 상태…

비워진 술잔을 채우며 잡고 있던 연필을 내려놓았다.

'아… 씨발. 내 인생은 도대체 왜 이럴까? 내가 왜 이렇게 방황하는지 찾기 위해 그림을 그린다고? 그럼 내 그림을 누가 보고, 이런 일기 같은 그림을 왜 사? 이렇게 술만 마시고 유화 기름 냄새에 후각 잃고 동체시력이 바닥까지 마이너스쳐서 일찍 죽으면 나는 유명해질까? 그래. 죽어야 그림 값이 오르겠지? 그런데 정말 오를까?… 작가노트를 쓰려던 오늘도 망한 것 같다.'

이런 생각을 할 때 베란다 창에 비친 내 모습은 술잔에 연거푸 잔을 채우고 비우며 길고 짧은 한숨을 뱉고, 자기 그림을 바라보다 손에서 연필을 돌리고 있었다. 속에선 태풍이 불고, 천둥 번개가 치고 있었지만 방에는 기름 냄새와 술 냄새 그리고 방문을 열라는 문 밖 고양이의 울음소리만 있었다.

"나는 학교에 왔어. 지금은 학식 먹으려고 식당에 왔는데, 일어
났어?"

　그는 매일 아침 이렇게 자기는 어디에서 뭘 하고 있다고, 너
는 뭘 하냐고 하는 문자를 보냈다. 이 문자는 벌써 40분 전에 읽었
지만, 오늘은 도저히 내가 뭘 해야 하는지 몰라서 답을 못하고 있
다. '어제는 작가노트를 쓰려다가 3시간 동안 술을 마시고 울었어.
그림을 앞에 세워두고 내가 이렇게 고민한들 이 그림이 나 말고 누구
에게 의미가 있는지 모르겠더라. 그래서 계속 술을 마시면서 연필만
돌렸지. 그런데 고양이가 문을 열어달라고 우는 거야. 유화 냄새 가
득한 방에 고양이를 들일 순 없잖아. 더구나 아직 그림이 덜 말라서
털이 묻으면... 아우 일이 늘어. 그래서 그냥 무시하고 계속 생각을 했

어. 그러다 엄마한테 전화가 왔어. 가게에서 가져온 물건을 집으로 옮겨야 하니까 나와 있으라고. 근데 있잖아. 엄마는 나한테만 전화한다? 밖에 다른 동생들 다 티브이 보고 있었거든? 근데 나한테만 전화해. 그래서 그냥 남아 있던 술을 벌컥벌컥 마시고 소파에서 자는 척을 했어. 그리고 자는 척하던 게 오늘 아침이 된 거야. 오늘 술기운 때문에 아무것도 못 해'라고 말하지 못하는 내가 싫었다. 나는 육지 없는 해양을 돛 하나 달린 배로 항해하고 있었고 바람과 비는 매번 다른 강도와 각도로 내리쳤는데, 이런 나를 보여주면 내가 사랑하는 사람이 나를 떠나버릴까 봐 겁이 났다. 그는 내가 그림 그리는 것을 좋아했다. 예체능과는 거리 먼 행정학을 전공하는 그에게 변덕스럽고 목적지를 몰라서 헤매는 모습을 이해해달라고 할 수 없었다. 나도 이런 내 모습이 창피하고 멋없었으니까. 그래도 그에게 답장을 해야 했기에, "일어나서 밥 차리고 있어"라고 문자를 보냈다. 겨우겨우 생각해서 보낸 답장이 이거다.

"오늘 오후에 수업 끝나면 만날래? 서울로 올 수 있어? 보고 싶다."

우리는 이번 주말에 만나기로 약속했고, 오늘이 수요일이니까 이틀만 지나면 볼 수 있으니 조금 더 기다렸다가 보자고 할까? 아니 사실 만나서 밥 먹고 커피 마시고 잠깐 어디서 쉬다 가기엔 주머니가 가벼웠다. 과음으로 눈 밑에 다크서클이 짙게 내려왔고 피부는 푸석했지만 타고난 흰 피부가 커버해주니 걱정은 없었다. '오늘 그림방에서 시간을 보내도 빈 술병만 늘고 아무런 성과가 없으면 어떡하지' 생각하다 그냥 그의 학교로 찾아가기로 결심했다.

"나 학식이 너무너무 먹고 싶어(아니 사실 학식 먹느니 라면 먹고 말래)! 학교로 갈게."

저녁으로 학식을 먹으면 비용이 절감되니까, 오늘은 꼭 학식을 먹겠다고 결심했다. 내가 다니는 학교도 아닌데, 그를 만나면서 다른 대학에 자주 가게 되었다. 이 학교 학생처럼 교내 카페에서 그를 기다리거나 와플을 사서 벤치에 앉아 그를 기다렸다. 학교 뒤에 산이 있어서 산책하며 다양한 나무를 보거나 꽃을 볼 수도 있었다. 좋은 학교라 그런지 건물 디자인도 제각기여서 산책하며 사색을 할 수 있는 시간이었다. 나를 아는 사람이 없다는 점도 좋았다. 이 학교에서 내가 어떤 표정을 짓고 어떤 옷을 입든 나를 알아볼 사람은 남자친구밖에 없어서 나는 그의 학교를 좋아했다. 가끔은 약속 시간보다 1시간 일찍 학교에 도착해서 미술대학이 어디에 있는지 건물을 찾거나 우리 학교엔 없었던 음대 앞 벤치에 앉아 창문 너머에서 들려오는 노랫소리를 들으며 커피 한 잔을 삼켰다. 내가 학생 때는 이런 여유가 없었는데. 학생 딱지를 떼고 학교에 들어오니 내가 가지지 못한 여유는 다 학교에 모여 있는 게 아닌가 생각하던 중 낯익은 잘생기고 귀여운 남자가 내 앞에 다가왔다.

"일찍 왔네? 보고 싶었어."

그는 저 멀리부터 손을 흔들며 빠른 걸음으로 다가왔다. 우리는 여느 때처럼 학식을 먹으러 이동했고, 학교 근처 카페에 들어가 이야기를 나눴다. 자기는 이번 졸업 시험 준비가 되지 않았다고, 시험공부를 안 해서 점수가 안 나올 거라고, 하지만 공부를 하기는 싫다고, 명문대에 다니는 그는 공부하기 싫다는 말을 많이 했다. 공부에 대해서는 나보다 훨씬 잘할 텐데. 나는 그에게 그래도 공부도 안 하고 시험 점수를 걱정하는 게 말인지 방귀인지 물었는데, 자기는 걱정 안 한다고, 그저 공부를 안해서 점수가 안 나올 건 아는데 그렇다고 공부하긴 싫다는 그런 말을 한 것뿐이란다. 공부 걱정을 왜 내가 해야 할까? 이 친구가 시험을 못 보더라도 스스로 괜찮다는데, 나는 그에게 연거푸 공부하라는 말을 했다.

"너는 뭐 하면서 살고 싶어?"
"뭐 하면서 살고 싶냐고? 그게 무슨 말이야?"
"말 그대로. 지금 그림 그리고 있는 게 좋은지 아니면 그림 그리면서 어떤 생각을 하는지 궁금해. 그림 그리면서 무슨 생각 해?"

"생각은 많이 하지. 내가 뭘 생각하는지를 생각하면서 그림을 그려. 딱히 뭘 그리겠다는 건 없고."

"화가는 원래 뭘 그리겠다고 결정하고 그림을 그리는 거 아니야? 뭘 생각하는지 모르면서 생각이 궁금해서 그림을 그려? 그럼 그림이 완성된 건지는 어떻게 알아? 뭘 그리는지 모르면서 붓을 움직이는 네가 그림의 완성이 언제 어떻게 될지 어떻게 알아?"

하라는 공부는 안 하고 그는 데이트를 하러 나온 건지 토론을 하러 나온 건지. 그는 나를 연구하는 듯 보였다. 내가 '예', '아니오'와 같은 단답으로 이야기를 하면 어떻게 그런 답이 나왔는지를 물었고, 과거의 너와 미래의 너도 같은 답을 할 것 같냐고 물었다. 그는 끊임없이 물었다. 그래서 뭐가 좋고 뭐가 싫은지, 무엇을 하고 싶고 무엇을 하기 싫은지. 어떻게 대답해야 할지 모르는 내게 그는 초콜릿과 사탕을 주며 화내지 않고 대답하는 방법을 알려줬고, 끝없는 그의 물음에 답하다 보니 나도 모르게 어제 작가노트는 한 줄도 쓰지 못한 채 와인 1병을 비웠고 오늘도 술만 마실 것 같아서 나왔다는 고백까지 하고 말았다. 어느새 내 손에는 휴지가 쥐여져 있었고 그는 내 머리를 쓰다듬으며 괜찮다고, 그런 날도 있는 거라고 위로하고 있었다. 휴지는 책상에 쌓여갔고 가짜 피부색과 가짜 립스틱은 눈물로 지워졌다. 그는 리무버였다. 그 앞에서 스모키 화장을 하고 열심히 사각턱을 셰이딩해도 그는 내 맨얼굴이 예쁘고

사각턱은 어떤 음식이든 잘 씹어 먹을 것 같다고 말했다. 멋진 모습만 보여주고 싶었는데, 그 앞에선 가장 추하고 여리면서도 온 털을 세워 강한 척하는 '길고양이'가 되었다.

"예전에 말했던 거 기억나? 넌 지금 딱히 내세울 이력이나 스펙 그런 거 아무것도 없잖아(윽 끄윽… 팩폭). 내가 군대 전역하고 100일 동안 유럽 배낭여행을 다녀왔는데, 가장 부러웠던 사람들이 있어. 나는 정해진 비용과 정해진 일정으로 매일 이동하느라 지쳐 있었는데, 장기 여행자들은 어느 날은 아무것도 안 하고 숙소에 있거나 근처 카페에서 장 봐 오고 영화를 보면서 시간을 보내더라구. 근처에 여러 관광지가 있는데 숙소에서 안 나가고 맥주에 영화만 보는 거야. 그래. 스태프. 한인 민박 스태프로 일하면서 거기서 살더라고."

요약하자면, 시간 많고 젊고 어디에 소속되거나 누구를 부양할 의무가 없고 영어도 못하는 내가 '한인 민박 스태프'를 하면서 외국에서 지내다 오라는 것이었다. 어차피 한인 민박에선 한국인들을 손님으로 받고 사장님도 한국인이니 언어는 걱정 없으며, 가고 싶은 나라를 정해서 여행 비자 기간을 채우고 돌아오면 되는 것. 더구나 미술 전공이면서 렘브란트, 루벤스, 다빈치, 카라바조 등의 거장의 진품을 봐야 하지 않겠냐는 덧붙임에 내 마음은 벌써 유럽에 있었다.

"떠나. 한 3개월? 나는 공부하고 있을게. 너는 세상을 보고 와. 한국만이 이 세상이 아니고 지구 반대편에도 사람들이 살고 있다는 걸 느끼고 왔으면 좋겠어."

그리고 1개월 뒤 나는 스페인 마드리드로 떠났다. 그는 한국, 나는 마드리드에 있었다.

 불안을 담은 캐리어

"희정아. 엄마 오늘 너무 힘들었어. 오늘 꽃시장 가서 새로 나온 카랑코에 한 판이랑 행운목이랑 생화 몇 단 사 와서 다듬고, 꽃들 물 주고, 열심히 시든 이파리 따고 나서 마사토 2kg 하나 팔고 왔어. 엄마 손목이 얼마나 시큰한데, 너는 하루 종일 집에서 티브이 보고 밥 먹고 설거지랑 청소도 안 하고 있어? 빨리 설거지해! 공부도 못하면서 돈은 어찌나 많이 들어가는지. 너는 엄마가 알아서 미술로 전향시킨 거야. 얼마나 다행이야. 너가 나 닮아서 예술, 색감각이 뛰어난 거야. 고마운 줄 알아."

"아유 너는 어떻게 니네 아빠 닮아서 덩치가... 하하하. 너랑 나랑 밖에 나가면 엄마랑 딸로 안 보는 거 알아? 내가 글쎄 내 딸이라고 하면 사람들이 그런다? 도대체 애를 몇 살에 낳았냐고~. 엄마가 얼마나 동안이면 그러겠어. 호호호."

"이 기집애야. 너 성적이 왜 이따위야. 돈 먹는 하마야. 너한테 얼마가 들어가는데 이따위 성적표를 가져와? 네가 이번 시험 저번이랑 비슷하다고 했잖아. 근데 왜 성적이 더 떨어졌냐고. 너는 공부를 하는 거니 마는 거니? 시험 본 날에 엄마가 물었지. 몇 점인 것 같냐고. 너는 왜 네가 뭘 맞고 틀렸는지 몰라? 바보니?"

"엄마 너무 힘들어. 어깨 좀 주물러줘. 그래 거기 거기. 아 너랑 동생들 낳고 엄마가 이렇게 주저앉았잖아. 너 결혼할 때 엄마한테 집 사주고 가야 돼. 알겠어? 저 연예인 봐라. 시집가기 전에 엄마 아빠한테 집 사주고 갔다잖아. 그러니까 공부 열심히 하고, 나중에 돈 많이 벌어서 효도해야 한다~."

　　　기억나는 대로 몇 가지만 적어봤다. 엄마와의 관계에서 기억나는 것은 자기 삶이 고되다며 흘리던 그녀의 눈물, 당신의 기대에 못 미치는 낮은 내 성과에 대한 딱밤, 그리고 머리채를 잡힌 채 부엌의 여기저기를 끌려다니던 내 모습 등이 있다. 언제부터 엄마를 내가 챙겨야 하는 사람이라고 생각했는지 기억은 나지 않았고,

반대로 아빠는 태초부터 나쁜 사람이라고 미워했는지 모르겠다. 지금 와서 생각해보면 엄마가 정말 불쌍했는지, 아빠는 정말 나빴는지 확실하게 말할 수 없다. 나에 대한 어떤 평가도 온전히 내가 내린 평가가 아니었다는 것. 이거 하나만 확실했다.

"어머머. 희정이 엄마는 좋겠다. 나도 희정이 같은 딸 있었으면 ~."

엄마 주변 사람들이 이런 말을 할 때마다, 뿌듯함 대신 이상하게도 삶을 잘못 살고 있다는 생각이 머릿속을 가득 채웠다. 아마도 이런 내 반응은 가장 친했던 중학교 친구 지혜가 삶을 포기했던 그 시절에 나는 방치되었기 때문일지도 모르겠다.

중학교 1학년 때 키 순으로 자리 배정을 할 때 짝으로 만났던 친구. 지혜는 먼저 말을 걸거나 살갑게 다가오는 그런 애는 아니었다. 그렇다고 자살하는 사람들에 대한 편견처럼 항상 우울하거나 절망적인 생각을 늘어놓지도 않았다. 수업 시간 손을 들고, **"선생님, 저 소금물 구하는 방식 다시 알려주세요. 이해가 안 되는데요. 어떤 부분이 이해가 안 되냐면.... 일단, 소금물 농도는 왜 계산해야 하는 거예요?"**와 같은 질문을 학기초부터 했기에, 반 아이들이 별로 반기는 친구는 아니었다. 수학 시간 외에 역사 시간에도 역사는 왜 배워야 하느냐, 선생님은 왜 이 과목 선생님이 되었냐는 질문들을 끝없이 뱉어냈고, 이런 질문은 짝꿍인 내게도 예외 없이 다가왔다.

"희정아, 넌 사는 게 재밌어? 사는 게 어때? 초등학교에서 의젓한 중학생이 된 기분이 어떤 것 같아?"

"어... 그게, 사는 건 그러니까... 일단 나는 대학에 가야 한다고 들었어. 엄마 아빠가 그러는데, 나중에 대학 가서 좋은 남자 만나려면 공부해야 한다고. 그러기 위해선 중간고사, 기말고사 잘 보고, 내신도 잘 관리해야..."

"넌 그 말을 믿어? 엄마 아빠가 하는 그 말을?"

"어? 우리 엄마 아빠 말이 왜? 뭐야. 너 왜 그래?"

"엄마 아빠가 말하는 공부 잘해야 하는 그 이유를 넌 따라갈 거냐는 거야. 행복하냐고. 지금 중학생인 너의 삶이 행복하냔 말이야. "

"... 야 너 왜 그래..."

지혜랑 3분 이상 같이하는 때엔 그녀의 이런 질문을 피할 수 없었고, 그녀에게는 '왜선생'이라는 별명이 생겼다. 왜선생은 왕따인 것 같아 보였는데, 그녀는 전혀 개의치 않았다. 쉬는 시간이면

노트에 그림을 그렸고, 수업 시간엔 질문을 했다. 반 애들이 싫어하는 도덕 선생님에게는 **"선생님은 도덕이 뭐라고 생각하세요?"** 외에 다양한 질문을 던진 후, 도덕 시간엔 이마를 책상에 파묻고 잠을 잤다. 도덕 선생님과 왜선생의 실랑이는 중간고사 이후로 잠잠해졌는데, 소금물 농도를 왜 구해야 하냐 물었던 수학 점수와 도덕 점수가 100점이었기 때문이다.

공부를 잘하니 반 아이들은 곧 **"모르는 거 있으면, '왜선생' 한테 물어봐."**라고 말하게 되었고, 얼마 지나지 않아 왜선생은 우리 반의 자랑거리가 되었다. 선생님들이 각 반을 돌며, 1학년 1반에 쓸데없는 질문을 하는 ○○이 있는데, 걔는 수업과 관련 없는 질문과 수업 방해를 하지만 항상 100점을 받았다며 떠들었기에 우리 반 명물이 된 거다.

그랬던 그녀와 중학교 2학년 때까지 같은 반 옆자리가 되었고, 우리는 다른 아이들보다 가까운 관계가 되었다. 하지만 우리는 한 번도 서로를 집에 초대하지 않았다. 2학년 1학기가 끝나는 방학식 날, 나는 처음으로 지혜네 집에 방문하게 되었다.

그날 이후 그녀를 다시 마주하게 된 건 방학이 끝나기 2일 전, 인하대병원 장례식장 5호실. 하얀 국화가 가득했던 그곳이었다.

"엄마, 지혜는 왜 죽었을까요?"

장례식장에 다녀온 그날, 귀신 붙는다며 집 밖에서 온몸에 소금을 뿌리던 엄마에게 물었다. 엄마는 장례식장에 다녀오면 집에 귀신이 들어올 수 있으니 소금을 뿌려야 한다는 말을 했다. 그리고 **"아 춥다. 빨리 들어가자"** 하고 집으로 들어갔다. 집에는 예능 티브이 소리가 가득했고, 엄마 아빠는 소파에 앉아 있었다. 나는 옷을 벗어두고 손을 씻었다. 화장실에서 나와 소파를 응시하며 가만히 서 있는데 아빠가 내게 말했다.

"아빠 물 좀."

"아빠. 있잖아요. 우리 반 친구 지혜가 오늘 죽었는데... 아니, 며칠 전에…"

"희정아. 엄마랑 아빠랑 얘기하고 있잖아. 물 좀 달라니까. 얘가 참. 앞에서 티브이 가리지 말고 비켜라."

"…"

항상 이상한 질문을 하던 지혜가 없는 2학기는 이상하리만큼 조용히 지나갔다. 그녀의 존재는 원래부터 없던 것처럼, 2학기 초 지혜 책상에 쪽지와 꽃이 놓였다가 어느 학부모의 전화 한 통으로 지혜의 책상은 반에서 없어졌다. 물론 나는 계속 **'왜 죽었을까. 우린 방학식 날 재밌게 놀았는데... 지혜는 왜 죽었을까. 자살이 아니라 독살이 아닐까? 혹시 살인사건이 아니었을까?'** 생각했지만, 이 질문을 질문으로 받아줄 사람은 이 세상에 없다는 사실을 받아들여야 했다.

'넌 그게 궁금해?'

영어 선생님이 병가를 내셔서 자습 시간이 된 어느 날부터,

가끔씩 질문이 도착했다. 어떤 목소리나 형체가 나타난 건 아니었고, 그저 질문이 떠올랐다고 해야 하나.

　　어느 날은 꿈에서 지혜가 살아 돌아와 내 옆에 앉아 공부하는 꿈을 꿨다. 그녀가 살아 있다는 것이 너무 반가워, 달려가 그녀의 손을 잡고 **'너 살아 있었구나. 다행이다. 지혜야 너 왜 죽었던 거야? 무슨 일이야? 아 정말 정말 다행이다'**라고 외치는 순간 눈을 떴다. 천장 등이 보였다. 눈꼬리 끝은 촉촉했고, 코는 막혔다. 숨이 가빠오고, 울면서 잠에서 깬 건지, 일어나서 천장을 보고 곧바로 울기 시작한 건지 알 수 없었다. 몸을 움직일 수 없었고 숨도 고르지 못한 데다 목소리마저 나오지 않았다. **후허후허.** 입으로 숨을 들이마시면서 머리로는 **'이건 꿈이야. 다시 일어나자. 이건 꿈이야. 다시 일어나자'** 속으로 수없이 외쳤지만, 야속하게도 이미 꿈에서 깬 지는 오래였다.

　　이런 아침을 맞이하는 일은 잦아졌지만, 가끔 엄마가 방문을 열고 **'에효...'** 하며 다시 안방으로 돌아가는 일은 3번을 넘지 못했다.

"착하지 마."

지혜가 자주 하던 말이다. 100% 의도 없는 선의는 없는 거라고 그녀가 말했다. 너는 그런 연기 하며 살지 말라고. 중학생 주제에, 나보다 나이가 많지도 않고 동갑이면서 어울리지 않는 말을 말을 했었다. 가끔씩 자기는 사람들이 불쌍하다는 말도 했다. 자기가 왜 살아야 하는지, 왜 죽지 않는지 모르는 웃기지도 않는 사람들을 욕했다. 그리고 내게 말했다.

"착한 척은 해도 돼. 그런데 그게 척이란 걸 알고 있으면 되는 거야. 착하지만 말고."
지혜가 나온 마지막 꿈에서 그녀는 이 말을 남겼다.

착한 척을 하면 삶은 표상적으로 편하다. 다수의 의견에 따르고 소수의 의견에는 고개를 젓지 않고 동의 또한 하지 않으면 된다. 자신의 생각은 중요하지 않다는 걸 오랜 시간 배웠기에 생각하는 방법을 잊어버렸고, 자신의 솔직한 감정을 누군가 알아차리는 것은 곧 위협이 된다. 그래서 표정엔 온화함과 가식, 친절을 쓰고 남의 말에 적절한 호응을 하며 남의 생각을 앵무새처럼 따라 하며 요즘 사람들의 생각을 파악하는 데 급급하다. 그리고 자신도 요즘 사람들의 생각에 동의한다고, 하지만 명확하게 왜 그렇게 생각하는지 혹은 생각이 바뀔 여지는 있는지 없는지는 일급 비밀이 된다. 비밀은 마음의 금고에 넣어져 '비밀'이란 이름표가 붙은 것인지 사실 빈 상자를 넣어둔 것인지 알 수 없지만.

착한 척하면 모두와 화목하게 옅게 지낼 수 있다. 강건하게 자신을 표현하는 사람들과도, 자신의 방에서 나오지 않고 소통하지 않는 사람들과도 그저 고개를 숨실 때의 들썩임 정도를 유지하고 미소를 띄우면 그만이니까. 그래서 사람들은 '**어떻게 생각하세요?**', '**왜요?**', '**정말 그렇게 생각하세요?**' 3종 세트로 질문을 받으면 상대를 무례한 사람이라고 여긴다. '**왜?**'가 어딨어. 왜를 왜 생각하지 않는 걸까. 이 모든 질문들은 스스로를 위한 가장 좋은 척도이자 사령관이 될 텐데, 대다수는 잘 모르는 남을 사령관으로 모신다. 그에게 그녀에게 인생의 키를 넘겨두고 배가 전복되면 날씨 탓 혹은 운이 나빴다는 핑계를 대면서.

　　마드리드로 떠나겠다는 말을 엄마에게 하던 밤. 사실은 이미 구입한 비행기 티켓과 정해진 한인 민박의 위치, 그리고 앞으로 어떤 소일거리를 하며 그곳에 머물게 될지 등의 이야기는 당연히 묻힐 거라고 예상했다. 물론 엄마는 묻지 않았다. 다만 눈시울이 잠시 붉어졌다가 이제 혼자가 된 당신이 어떻게 살아갈지, 다른 딸들은 어떻게 효도를 하는지를 은근슬쩍 이야기하셨다. 그리고 어느 날 술에 취해 돌아온 엄마는 네가 동생들을 돌보고 늙어가는 나를 살펴야 하는데 장녀가 되어서 혼자 도망치냐며 소리를 질렀다. 지나치게 흐느끼며 우는 엄마를 보며, 눈물 섞인 분노와 절규가 나 때문이, 어제 구매한 마드리드행 왕복 티켓 때문이 아니라고 확신했다. 앞으로 10일 뒤엔 말 한마디 통하지 않는 스페인으로 가는, 그보다 처음으로 혼자 출국장을 통과해 비행기에 타고, 캐리어를 찾고 지하철 티켓과 유심을 사서 마드리스 솔 광장 근처 숙소까지 가는 것이 걱정인 나와는 '1도' 관련 없는 남의 고민이었다. 비행기 티켓을 사기 전에도 나는 엄마에게 경제적인 도움이 될 생각은 하지 않았고, 엄마의 인생에 조연으로 살 계획은 더욱이 없었으며, 누군가의 조연 역할을 맡는다면 내 인생의 주인공이 되지 못한다는 걸 늦게 알아 이 고생을 했단 사실만이 뚜렷해졌을 뿐이다.

부모님의 이혼. 한 번도 상상하지 못했던 사건. 엄마와 아빠 둘 중에 누구를 따라갈래? 혹시 엄마를 따라가면 아빠가 나를 한 달에 몇 번은 보게 해달라는 요구서와 서로를 부둥켜안고 자주 보자는 말을 남기는 이혼은 절대 아니었다.

나는 메뚜기 닮은 개그맨이 나오는 예능 재방송을 보고 있었는데, 갑자기 이른 귀가를 한 아빠가 장롱 위에서 20인치 기내용 캐리어를 꺼내 짐을 챙기기 시작했다. 외투도 벗지 않았고, 서로 식사는 했는지 묻지도 않았다. 그놈의 20인치 캐리어엔 꼭 필요한 물건들이 자리했다. 우린 서로 포용하고 머리를 쓰다듬거나 서로의 일상을 나누는 부녀가 아니었다.

아빠는 너무나도 태연했고, 그날따라 **'물 떠 와라'**, **'엄마는 어딨냐'**, **'막냇동생은 언제 오냐'** 같은 귀찮은 말을 걸지 않아 나는 예능 프로를 편히 볼 수 있었다. 그리고 예능 프로의 엔딩이 나오던 때쯤 티브이 옆 현관문에서 캐리어와 몇 개의 외투를 손에 들고

"나 간다"라던 그의 말 말고는 아무것도 기억나지 않는다. 그의 표정, 입었던 옷, 말투. 그가 나갈 때 '아빠 간다' 혹은 '다녀올게'라고 말하지 않았다는 것, 그리고 그놈의 기내용 캐리어를 끌고 나갔다는 것만 뇌리에 남았다.

그 후 아빠를 볼 일은 없었다.

어쩐지 편하게 티브이를 볼 수 있던 날이었고, 손이 있지만 집에서 자신의 손을 쓰면 큰일 날 것처럼 굴던 그 사람의 부재는 생각보다 크지 않았다. 그동안 아빠가 우리 집에서 어떤 역할을 해왔는지, 얼마나 빈자리가 큰지 걱정할 일은 없었고, 단지 얼마나 우리의 관계가 소원했는지 확인하면서 나는 아빠의 인생에 조연도 아니었구나 하고 쓰린 마음을 달랬다.

엄마의 인생에 필요한 '나'라는 조연. 그래. 갑자기 아빠가 떠오른 오늘. 딸이 유럽으로 떠나 울고 있는 여주인공이 나오는 이 영화의 총평은 "이 영화 참 재미없다." 오늘의 한마디는 이거다.

"내가 없다고 가정하고 어떻게 살아갈지 생각해볼래? 네가 걱정하는 게 내가 너무 네 인생 깊숙이 관여하고 있는 거라고, 내가 없으면 네 인생은 없어질 것 같다는 두려움에 생활이 안 된다고 했잖아. 그 말을 들으니까... 내가 없으면 네가 망가질 수도 있다는 게... 차라리 네가 안정을 찾을 때쯤에 사라져야겠다는 생각이 들었어. 안정감이 무너질까 하는 두려움이 나타나기 전에 또 다른 도전을 할 수 있도록 내가 널 두고 사라지는 거야."

그는 가끔 이런 말로 자신이 옆에 있음에 감사하라는 농담을 덧붙이고 입꼬리를 살짝 올리고 웃었다. 농담인지 진담인지 떠보는 건지 분간되지 않는다고 불평하니, 자신을 사랑한다고 노래를 부르면서 아직도 자기 말을 구분하지 못하는 것을 반성하라는 말로 나를 이연타로 놀리기까지 했다.

"너 비둘기 새끼 본 적 있어?"

"비둘기 새끼?"

"응. 비둘기 새끼가 참새인데 사람들은 그걸 잘 모르더라."

"무슨 말도 안 되는 소리야. 참새가 비둘기 새끼라니... 아무도 안 믿겠다."

"작을 때는 참새였다가 조금 크면 털갈이를 시작해서 조류 진화가 시작되는데 골격근의 변화가 대표적이지. 참새랑 비둘기는 사람들이 청소년기를 거치면서 성인이 되는 거랑 같은 거야. 갈색 털도 다 떨어지고 목이 길어지고 눈이며 꼬리까지 전부 바뀌거든. 도시에서 가장 많이 보이는 게 참새랑 비둘기잖아. 사람들이 이렇게 관찰력이 떨어져. 세심함이랑. 매일 보는 새들인데 참새랑 비둘기가 같은 종인 걸 모르다니."

"진짜야? 난 몰랐어. 그러고 보니 비둘기 새끼에 대해 배운 적이 없는데... 와. 근데 이거 모르는 사람 많을걸?"

"당연하지. 보통 사람들은 너처럼 이런 개소리에 속지 않으니까. 어디 가서 참새가 비둘기 새끼라고 하면 바보 취급 받으니까 조심해~."

사랑의 필수 요소는 관찰이라고. 그는 나를 관찰했다. 내가 나를 모를 때, 당황하면 그자리에 멈춰 서서 아무 말도 못 하는 건 차분해서가 아니라 소스라치게 놀라 생각 회로가 막혔기 때문이라는 것, 화를 내야 하는 순간에 무척이나 차분해질 때는 뚜껑이 열려서 저 멀리 날아가버렸기 때문이란 걸, 내가 모르는 나를 그가 알아채고 나 대신 손발이 되어줄 때마다, 고마워하면서도 나는 그를 이만큼 관찰했는지 돌아봤다. 그가 모르는 그의 모습. 내 사랑은 그의 사랑보다 작은 걸까?

사랑은 관찰이라고 했다. 그리고 관찰을 시작으로 관계가 형성되는 거라고 그는 말했다.

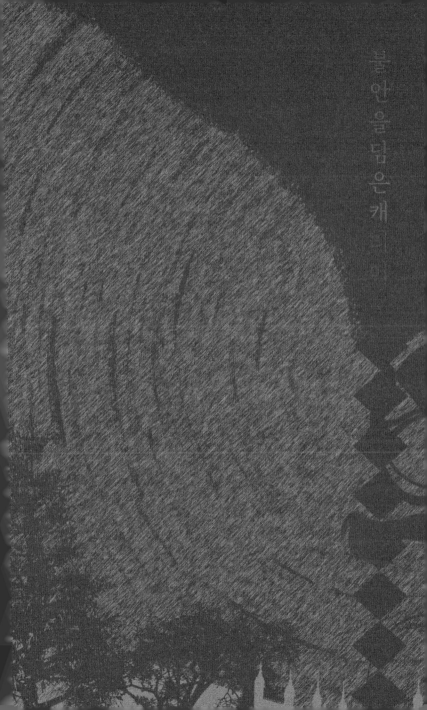

올라올라 한인 민박

스페인 마드리드

한인 민박 일은 어쩐지 배울 게 없었다. 자취생일 때 하던 음식들을 아침 일찍 해놔야 했고, 매일 화장실 청소와 침구 정리를 하는 것, 처음 보는 사람들에게 웰컴 티를 내려주고 현관 열쇠를 주는 것이 내 일이었다. 주 7일 근무, 주당 1일 휴가가 쌓이는 구조. 휴가는 2개월 반을 일했을 때 몰아서 사용할 수 있다고 했다. 유럽 전역에 분포한 한인 민박계의 프랜차이즈 '올라올라 게스트하우스'는 24개의 지점을 가진 나름 관리되는 한인 민박이었다. 몇 개의 지점은 합법적으로 운영되었고 몇 개는 불법으로 운영되었다는데, 그 속사정은 내 알 바 아니었다. 마드리드 지점은 오픈한 지 4개월밖에 되지 않아 손님이 몇 없었다. 업무를 인계해줄 '기태'는 나와 동갑이고 신문방송학과 전공, 작은 신문사에서 일하다가 이곳에 왔다고 했다. 참 단아한 외모에 키가 큰 친구였고, 적당히 자신을 숨기고 내비칠 줄 아는 듯 보였다.

'착하게 컸구나.' 그의 첫인상이었다. 착한 척인지 착하게 길러진 건지 모르지만, 그 아이와 함께 일하는 얼마 동안 우리는 꽤 친근했었다. 우리는 주민센터 직원과 주민 같은 관계로 변했다. 조식 준비하는 방법을 살짝 알려주고 곧바로 **"내일부터 혼자 할 수 있지?"** 그가 물었다. 사실 물음이 아닌 통보였지만....

잘생긴 외모로 싱긋 웃어 보이면 삶이 편안하게 풀렸을 거다. 그의 실수는 크기와 무게에 상관없이 스쳐 지나갔을 거다. 한식 재료를 사기 위해 중국인 마트에 들렀을 때, 그가 자신의 외로움을 이야기했을 때 나는 따스히 그의 손을 잡았고 포옹을 해주며 **'왜?', '어떻게?', '왜?'**라고 물었다. 외로움을 토로하는 동갑내기가 속마음을 털어놨기에 해결할 수 있도록, 스스로 어디부터 잘못된 것인지 알아챌 수 있도록 계속해서 질문을 던졌다.

"이거 솔 광장에서 3대째 핫초코와 추로스를 파는 가게에서 사 왔어. 이거 먹어봐. 생각은 해봤어? 네가 느낀 고립과 외로움이 언제 어디에서 시작된 건지, 그리고 앞으로 어떤 시도를 해보고 싶은지."

그는 나의 호의가 계속될수록 맥주나 상그리아를 찾았다.

술을 한잔 따르면서 자신의 잔이 비는 것보다 내 잔의 술이 비워지기만을 기다리는 그 모습을 확인하며 더 이상 '왜'라는 질문을 하지 않게 되었다. 나는 그때 내가 세상 모든 사람을 고통으로부터 구해줄 수 있다는 자신감, 예술가니까 당신들은 모르는 무언가를 나는 알 수 있다는 근거 없는 사명감으로 세상 가장 머저리 같은 행동을 하고 있는 내 모습을 보았다.

안녕하세요.

공항에서 내리셨나요? 여기 공항부터 솔 광장까지 오시는 방법 첨부합니다. 지하철을 이용하는 방법과 택시를 이용하는 방법이 있어요. 도착하시면 솔 광장 오른쪽에 하몽 전문점이 모여 있는 쪽에 곰 동상이 있을 거예요. 거기서 만나요. 도착하고 문자 주시면 5분 내로 가겠습니다.

-올라올라 게스트하우스 스태프-

기태는 로마로 떠났다. 그는 약 10일 동안 인수인계(한식 재료를 사는 방법과 매일 정해진 아침 식사 음식의 레시피, 식재료 영수증 보관과 청소하는 방법 등)가 끝나고 다음 한인 민박으로 떠났다. 그와 함께 있는 동안 오전엔 일을 했고 점심 이후엔 커피와 간식을 먹으며 이야기를 나눴었다. 그가 떠나기 전날인가. 갑자기 그는 출처 모를 외로움과 고독함은 단순히 육체적인 행위로 해결될 거라는 간단명료한 답을 찾았다고 했다. 그래서 나는 우린 아직 피 끓는 젊은 호르몬의 노예이기에 혼자서 욕구를 충족시키는 건 부끄러운 게 아니라며, 솔 광장 근처 성인용품점에 가자고 했다. 그의 표정이 묘하게 일그러졌다가 살짝 미소를 머금었고, 우린 여권을 챙겨 성인용품점으로 갔다. 빨간 조명 하나 없이 통창이 시원하게 나 있고 딜도와 오나홀이 편의점 매대처럼 깔끔히 정리된 그곳, '해우소'였다. 나는 새어 나오는 미소를 숨길 수 없었다. 이 친구의 고민을 내가 해결해주었다는 기쁨과 내 욕구를 채워줄 장난감이 가득한 곳에 있다는 만족감이 시원하게 내려가는 화장실 소리처럼 개운했다.

   우리는 각자 다른 장난감 대열로 가서 한참을 쇼핑했다. 나는 진동과 삽입이 가능한 성기와 유사하지 않은 초록색 딜도를 구입했고, 그 친구는 빈손으로 숙소로 갔다.

   "오늘 성인용품점에 다녀왔거든. 참 다양한 굵기에 다양한 질감, 모양도 화려하고, 진짜 같은 모양의 딜도도 있었어. 사탕이나 젤리로 만든 섹시 속옷이랑 휴대용 오나홀도 많았어. 보니까 여자의 질도 다양한 모양인가 봐. 내부가 보이게 반으로 잘라놓은 오나홀은 색상도 크기도 다양했어. 굴곡이 조밀하고 다양할수록 비싸던데… 요즘 혼자 많이 해?"

한국과 마드리드는 7시간의 시차가 있었으니, 붉어진 볼을 비비며 이야기하는 나와 달리 졸린 목소리로 아침부터 그런 생각은 안 한다는 남자친구는 나머지 내용은 음성 메시지로 남겨달라고, 자기는 더 자야겠다고 말했다. 생각해보면 그는 성적인 욕구가 적었다. 아니 내 기준으로 보면 없다고도 할 수 있었다. 마치 메마른 사막과 같은, 말라버린 오아시스 웅덩이 같은 느낌이랄까? 세상을 보는 시야를 넓혀 오라는 그의 말에 처음 들었던 걱정은 내가 바람을 피우거나 스스로 욕망의 노예가 되진 않을까 하는 것이었다. 세상에 잘생기고 멋진 남자는 많았고, 섹시하고 지적인 여자도 많았다. 세상에 얼마나 많은 유혹이 있는지는 가보지 않아도 알 수 있었고. 하지만 직접 이곳에 와보니 생각보다 유혹이 그리 강렬하진 않았다. 다이어트 할 때 카페모카에 휘핑크림은 참기 힘들었지만, 자궁벽을 허물기 일주일 전의 욕구는 생각보다 간단한 조치로 소중한 누군가를 잃지 않고 안전하게 해소되었달까? 5분 내로 내 몸에 전율을 울리고 싶던 마음은 AAA 건전지 4개와 딜도와 함께라면 만사 오케이.

아침엔 졸리긴 해도 여행지에서만 볼 수 있는 특유의 여유로움이 있는 사람들에게 식사를 제공하고 마음에 드는 몇몇에겐 현지인들만 아는 맛집을 소개하는 그런 서비스로 사람들과 어울릴 수 있었다. 어떤 때엔 삼*, 엘* 회사 워크숍인가 싶을 정도로 같은 직장 사람들이 우연히 묵은 날도 있었고, 공무원, 경찰, 군인 혹은 옆 나라 유학생들의 방문으로 새로운 삶을 엿보기도 했다. 어떤 하루는 20명의 손님이 있어서 평소보다 이르게 일어나야 했고, 손님이 한 명도 없어서 근교 '쿠엥카'나 '톨레도'로 여행을 떠난 날도 있었다. 주로 버스를 타고 이동했는데, 강렬한 태양 아래 선글라스와 스케치북, 연필, 점심 먹을 돈만 가지고 온 사람은 나 말고도 많았다. 솔직히 나는 예술인, 미술 선공이니까 어딜 가도 튀는 사람이라고 생각했지만 티 내지 않고 살았는데, 고개를 좌우로 돌려보니 나는 그저 수많은 사람들과 다를 게 없었다. 나 역시 그곳을 꼭 봐야 할 특명을 가지고 오지 않았고, 중세 건물, 예술품, 맛있는 음식을 경험하고 내가 여기 왔다는 사진 몇 방 찍고 돌아가면 될 거였으니까.

한 달 정도는 매일 마드리드 왕궁을 지나 젤라또를 먹으러 갔고, 저녁이면 상그리아 한잔에 에그타르트 혹은 마오우(Mahou) 맥주와 타파스를 즐기러 산미겔 시장으로 향했다.

매일 민박집에서 만나는 다른 사람들과 무슨 일을 하고 어떤 고민이 있는지 똑같은 질문을 하고 다른 답변을 기대했지만 기대한 답변을 듣지는 못했고, 시간이 흘러 돌아보니 나도 매번 똑같은 리액션을 하고 있었다. 그래도 항상 즐거운 그들의 미소를 보다 보니 나는 어느새 2달째 마드리드 태양 아래 있더라. 가끔 말하기 싫고 듣기도 싫을 땐 걸어서 35분이면 도착하는 프라도 미술관에 들러 시간을 보냈다. 프라도 미술관엔 스페인을 대표하는 화가 벨라스케스, 고야의 그림이 같은 층에 전시되어 있었다. 주로 고야 그림 앞에서 시간을 보냈다. 정확히는 고야의 **<자기 자식을 잡아먹 는 사티루스>** 그림 앞에 서서, 20분에서 50분 정도 머물렀다. 유명 한 작품이지만 검고 붉은, 자기 자식의 머리는 이미 삼켜버리고 토 르소 형태만 남은 그나 그녀를 뜯어 먹는 사티루스 그림 앞에선 유 독 사람들이 **빠른 걸음**으로 지나갔다. 그렇게 빨리 지나가면 이 감 동은 느끼지 못할 텐데. 빠른 걸음으로 지나가는 사람들은 천장 유 리를 통해 자연광이 내려오는 루벤스 홀에선 유독 시간을 많이 보 냈다. 하지만 여기서도 마찬가지로 그림에 시선을 두기보다는 내 가 여기 왔다는 사진이나 라이브를 송출하느라 정신 없는 듯 보였 다. 또 모르지. 내가 알 수 없는 언어로 떠드는 저 사람들은 동양인 여자가 왜 이 그림 앞에서 무표정으로 자리 잡고 있나 하며 욕하고 갔을지도.

내가 자리하고 있었기에 고야의 사티루스 그림을 피한 게 아니라, 나를 피한 것일지도 모른다.

◇◇◇◇◇◇◇◇◇ 불안을 담은 캐리어

7시간의 시차는 한국에 있는 사람들과의 관계에 엄청난 영향을 주었다. 빠르게 답하고 빠르게 이야기하는 분위기가 있으니까 이해는 했지만, 외국에 혼자 있는 나를 걱정하는 엄마나 동생들의 연락도 지나치다 싶을 정도로 없었다. 다들 바쁘니까, 여유가 없어서 그럴 거란 생각으로 섭섭한 마음을 달랬지만, 가끔 부녀 혹은 모녀가 민박집에서 서로를 위해 숟가락을 놔주거나 빨랫감을 챙기는 모습 등을 보면 괜시리 나는 고아가 된 기분이었다.

　　고아. 나는 부모님 두 분이 다 계셨다. 엄마는 잔병치레가 많았지만 당신 엄마처럼 병을 키우지 않고 오래 살겠다는 다짐하에 주 3회는 병원에 들렀다. 어느 날엔 엄마가 진짜 아픈 건지, 아니면 병원에서 마사지를 받고 오는 건지 모르겠다고 생각하기도 했지만 그런 생각은 단 한 번도 입 밖에 내본 적 없었다. 아빠는 그에 비해 병원 치료를 하지 않는 사람, 당뇨병이 있어서 아픈 곳이 생겨도 합병증이란 무서운 말로 스스로 병원 문을 넘기 어렵게 했을 것이다. 생각해보면 아빠가 하는 짓은 엄마가 그렇게도 답답해 하던 당신의 엄마를 닮은 모양이었다.

나는 매년 계절이 바뀌는 어느 날 갑자기 아팠다. 말을 할 수도 몸을 일으킬 수도 없을 만큼 온몸이 뭉개지는 느낌, 숨을 쉴 수 없을 만큼 속이 조여오고 시야는 검게 둘러졌으며 식은땀이 흘렀다. 그런 날이면 학교에 가지 못했고 아빠, 엄마, 동생들이 모두 집을 나선 조용한 집에선 언제 그랬냐는 듯 나았다. 고양이가 와서 꾹꾹이를 해주면 다 낫는 병인가 봐. 스스로 고양이 꾀병이라고 불렀던 내 고질병.

삐−
음성 메시지 녹음 버튼을 눌렀다.
"안녕. 나는 이제 자려고 누웠어. 너는 뭐 해? 궁금하다. 학교생활은 어떤지 궁금하고, 요즘은 뭐 하면서 노는지도 궁금해. 나는 여기서 공부하거나 하진 않잖아. 너는 공부를 하고. 그냥 궁금하다. 공부하면서 어떤 보람이 느껴지나? 학기를 마칠 때 내가 이 전공을 이수했다는 그런 느낌은 어떤 걸까? 어제 네가 석사 과정을 이어서 할 거라고 했잖아. 나는 학사까지 했지만 석사로 뭘 연구하고 공부하고 싶다는 생각이 안 들었는데… 넌 앞으로 뭘 더 공부할지 길을 잡았다는 게 부럽더라. 4년이 참 빠르게 지나가버려서 뭘 알고 뭘 모르는지도 모르게 나이만 들었지 뭐야. 사람들은 뭘 해야 할지 모르면 그때 공부하는 거라고 하지만, 뭘 연구해야 할지 모르는 사람이 석사 과정을 바로 하는 건 좀 이상하잖아. 안 그래? 하하하. 물론 넌 놀고 싶어서 대학원 간다고 했으니까 내가 원하는 답을 해줄 수 있을진 모르겠다. 놀려고 대학원 간다는 말은 처음 들어봤거든.

어제는 하루 종일 숙소에 있었어. 민박집에 손님도 별로 없었고. 독일에서 온 유학생 커플이랑 어떤 아주머니가 오셨는데 워낙 관광 시간표가 빽빽해서 나랑 이야기하거나 놀 시간은 없더라. 아침에 계란말이랑 무말랭이무침, 단무지무침, 불고기볶음, 콩나물찌개를 해줬어. 후식은 납작복숭아. 다른 손님들은 납작복숭아를 엄청 먹고 싶어 했었는데 이 유학생과 부유해 보이는 아주머니는 많이 먹어봤나 봐. 아, 소식이 있어. 오늘 그림을 그렸어. 사진 보냈으니까 어떤지 얘기해주기~. 난 이만 자러 갈게. 사랑해."

그에겐 오늘의 간단한 일과와 그림을 그렸다는 말로 하루를 요약했지만, 꾸밈말로 가득한 말이었다. 아침부터 열 없이 추웠고, 어깨가 짓눌리는 느낌이 들었다. 입은 바짝 말랐지만 식은땀은 나지 않았다. 손님이 별로 없어 침구 세탁도 생략하고 여유분으로 교체했고, 어젯밤 미리 만들어놓은 덕분에 아침상은 문제없이 나갔다. 그놈의 납작복숭아. 도저히 밥은 넘어가지 않아서 납작복숭아를 잘라 식사로 대신했다. 아픈 날에 누구 하나 챙겨주는 사람은 없었고, 이 정도 아픈 거로 캐리어 안쪽에 넣어둔 액상 몸살약을 꺼낼 순 없었다. 다행히 내일은 손님이 없었다. 장을 보지 않아도 되는 그런 날. 숙소의 불을 다 꺼두고 이케아 단층 침대에 기대어 복숭아를 씹었다. 아, 이제 뭐 하지. 나 뭐 하고 있는 거지. 머릿속은 앞으로 뭘 해야 하는지에 대한 걱정으로 가득 찼고, 복숭아를 먹으려고 와인 한 잔을 채웠다.

'술이 약이지!'라고 혼잣말을 뱉으면서.

리오하. 종류별로, 색상별로, 국가별로 나누고 나눠 마트 진열장 3줄을 앞뒤로 와인으로 채운 곳에 살고 있다. 그새 고급 입이 되어버린 걸까. 3유로 미만 와인은 쳐다보지도 않았는데, 레드 와인 중에서도 리오하(Rioja) 지역의 와인은 믿고 마실 수 있었다. 와인을 잘 모르던 나는 레드 와인 옆 하몽 코너에서 현지인들이 가장 많이 사는 와인이 뭔지 15분, 20분, 때론 30분 동안 지켜보며 와인 리스트를 만들었다. 한국에서도 그랬고 지금 여기 스페인 마드리드에서도 내게 가장 많은 건 '시간'이었으니까.

지금 손에 잡힌 이 와인도 리오하 와인이다. 밥이 넘어가지

앉아 술을 마시고 있자니 건강이 걱정되긴 해도 내 나이 25살이면 '건강'한 때니까. 나이와 건강은 반비례가 성립되는 건 아닌데, 세상 사람들이 말하길 20대는 쇠도 소화한다는데… 다 해도 된다니까 걱정 없이 3번째 잔을 채웠고, 2조각 남은 복숭아도 잔에 풍덩 넣었다.

　　복숭아 살에 와인 색이 물드는 게 얼마나 재밌는지 아는가? 이떤 단단한 과육도 알코올 앞에선 무장 해제되는 게 사람이랑 같았다. 와인 잔에서 알코올 향이 살짝 가실 때가 되면 와인엔 복숭아 향과 맛이 더해지고 과육엔 단맛보단 포도 향이 더해져 마지막 잔엔 꼭 과일을 넣었다. 한국은 지금 몇 시지? 시간을 확인하니 그는 꿈나라에 있을 테고, 나는 문득 와인을 손바닥만 한 벼루에 붓고 먹을 갈고 싶어졌다. 비틀거리며 캐리어에 손을 넣고 옷가지 속 벼루가 든 종이 상자와 손가락 길이의 먹을 꺼냈다. 동양화 붓과 요 앞 화방에서 구매한 수채화용 스케치북을 꺼냈다.

　　미술 전공자. 순수 미술 전공. 서양화를 배웠는데 나는 스페인에서 벼루와 먹을 꺼내 들었다. 물 대신 와인을 부어 먹을 갈고 있다. 적당히 취했고 적당한 정신이 있었기에 와인 먹물을 마시지는 않았다. 20~30분 정도 먹을 갈아 붓을 적셔 무언가를 그렸다. 동그라미 하나, 그리고 바로 밑엔 그림자. 직선을 내려 기둥을 만들었다. 작은 사이즈, 중간 사이즈, 큰 사이즈… 그냥 막 그렸다. 이걸 왜 그리는지 뭘 그리고 싶은지 하는 목적은 모르겠고 그냥 그렸다.

머그컵에 물을 담아 왔다. 농담을 주면서 앞에 있는 것과 뒤에 있는 것의 차이를 주었고 가장자리부터는 물칠로 그라데이션을 주었다. 손바닥만 한 종이 3장을 이어 그림을 그렸다. 맨 오른쪽은 기둥으로 가득했고 왼쪽 새 종이의 반은 기둥들이 반은 하늘 혹은 천장을 표현하는 먹물이 스며들었다. 그리고 마지막 장은 그림의 완성을 위해 물칠로 어떤 조형물 하나 없이 칠했다. 그리고 종이의 물기가 사라지기를 기다리며 잔에 남은 와인과 와인에 물든 복숭아를 손으로 집어 먹었다. 빈 와인 잔과 손바닥만 한 벼루, 손바닥만 한 종이 3장의 그림 그리고 붓과 먹을 앞에 두고 크게 웃었다.

하하하하. 아하하하하하크크크큭아하하하하하.

방 안엔 묵향과 알코올 냄새 빠진 포도향만 남았고, 유화 기름 냄새가 그리워진 나는 옷을 챙겨 숙소 뒤쪽 화방으로 발걸음을 옮겼다.

화방에 들어가 주인장에게 한국말로 당당하게 말했다.

"안녕하쇼. 오일 파스텔이랑 페인팅 오일 하나 주시오."

그리고 번역 어플의 말하기 버튼을 누르고 당당하게 내밀었다.

Buenos dias! Un pastel al oleo y un oleo de pintura, por favor.

파스텔과 페인팅 오일을 봉지에 담아 주던 주인장의 손에서 희미하게 나던 그 냄새. 한국의 내 방에서 맡았던 냄새. 그리고 깨달았다.

"재밌네."

"어깨에 왜 이리 힘이 들어갔어? 너 아빠 닮아서 목 뒤에 살이 좀 있구나. 이리 와봐, 할머니가 눌러줄게."

"할머니, 제가 눌러드릴게요. 전 괜찮아요. 안마 좀 해드릴까요?"

우리 할머니는 새하얀 피부에 부드러운 살결을 가지셨고 베이비 오일 향이 났다. 만화 속 '호호 아줌마'처럼 따스했고 내가 어깨를 주물러드리면 **"너도 힘들잖아. 괜찮아~"**라며 내 손을 어깨에서 떼셨다.

"할머니, 저 이번 주에 학교에서 상 받았어요. 할머니, 저 맥반석

73

계란이 먹고 싶어요. 할머니, 마트 가고 싶어요. 할머니, 고모들은 언제 와요? 할머니는 무서운 게 뭐예요? 할머니는 좋아하는 게 뭐예요?"

정작 할머니가 어떤 삶을 살았는지, 무슨 꿈을 꾸는지 그녀의 이야기를 들은 기억은 나지 않는다. 할머니는 항상 따뜻한 잠자리와 따뜻한 국과 식사를 차려주셨고, 좋아하는 과일을 실컷 먹을 수 있게 해주셨다. 나는 할머니가 있는 곳에선 푹 잠에 들 수 있었고, 학교에서 힘든 일이 있으면 할머니 댁에 찾아갔다. 할머니에게 어떤 친구와 싸웠는지 뭐가 힘들었는지 종알거릴 수 있었지만, 어디서부터 어디까지 말해야 할지 몰라, **"이번 주는 힘들었어요. 할머니 보고 싶어서 왔어요."** 라고 한 줄 요약했던 기억이 난다.

어느 날은 미술학원 친구들을 데리고 할머니 댁으로 갔다. 꼭 들러야 할 이유도 어떤 연결고리도 없었지만, 우리 할머니가 얼마나 흰 피부를 가졌는지 보여주고 싶어서. 내가 할머니를 닮아 흰 피부를 가졌다는 걸 친구들에게 자랑하고 싶었는지도 모르겠다. 철문을 두드리며, **"할머니 저 왔어요. 친구들이랑 왔어요"** 라고 문밖에서 외치면 할머니는 어떻게 왔는지, 왜 왔는지 묻지 않고 반갑게 **"어, 왔구나. 아구 내새끼."** 하셨다.

할머니는 엄마도 아빠도 이해하지 못했던 나만의 시간을

존중해줬고, 그냥 가만히 따스함을 전해주는 둥지 같았다. 내가 편히 쉴 수 있고, 고민을 벗어두고 들어갈 수 있는 온탕이었다. 하지만 나는 그런 내 안식처가 할머니라는 사실을 비밀에 부쳐야 했다. 할머니 댁에 갔다가 아빠 차를 타고 집으로 돌아갈 때면, 할머니는 우리 차가 보이지 않을 때까지 손을 흔들어주셨다. 눈이 와도 비가 와도 할머니는 항상 뒤에서 손을 흔들어줬고, 나는 할머니가 보이지 않을 때까지 룸미러로 지켜보았다. 내가 흔드는 손이 차 밖에선 보이지 않겠지만 계속해서 흔들었다.

  스페인. 이곳에서 나는 할머니 생각을 하고 있다. 나와 닮은 그녀. 그녀를 닮은 나. 엄마는 그녀를 싫어했다. 정확히는 증오했다. 아빠를 결혼한 가장으로 생각하지 않고 여전히 자식으로 대하는 태도를 싫어했고, 할머니의 모든 행동과 침묵이 엄마에겐 폭력이었다고 했다. 할머니 앞에선 아무 말도 하지 못하는 엄마의 모습을 보며, **'엄마는 어깨가 많이 올라와 있네', '할머니는 미간에 희미한 주름이 잡혀 있네', '아빠는 두 여자의 긴장된 관계를 무시하는 걸까? 아니면 모른 척하는 걸까?'**라고 생각했다. 하지만 이내 아빠는 두 사람 사이에서 눈을 감고 귀에는 이어폰을 낀 채 시간을 보내고 있음을 확인했다. 그는 아무것도 하지 않는 선택을 했고, 그저 흘러가는 시간이 두 사람의 관계를 망치더라도 자신의 탓은 없고 시간이 흘러 쌓인 오해라고 하겠지, 생각했던 것 같다. 다행인지 불행인지, 아빠의 버티기는 결과값이 나왔다. 아무 선택 하지 않던 그는 내가 대학교를 졸업한 직후에 두 여자 중 하나를 택하는 인생의 기로에서 늙은 여자를 택했다. 선택받지 못한 젊은 여자에게는 그를 닮은 자식들이 딸려 있었는데, 그는 부모는 바꿀 수 없지만 여자는 다시 만날 수 있고, 자식은 또 낳으면 된다는 말을 남기며 떠났다. 물론 이 말은 그가 떠나기 직전에 남긴 말은 아니었다. 부모님 사이에 냉한 기운이 돌 때, 내 방 밖에서 날카로운 괴성이 오고가는 사이에 들려오던 말들의 조합이다. 하지만 캐리어 하나 들고 나간 그에게서 이렇다 할 핑계나 설명을 들은 적 없기에, 내게는 씁쓸한 뒷입맛만이 남았다.

갑자기 할머니를 생각해낸 것은 와인에 취해서가 아니라, 저녁의 어둠이 방 안을 가득 채웠고, 어쩐지 어깨에 힘이 들어갔었는데 오늘은 처음으로 베개에 목과 어깨를 편히 내려놓을 수 있어서일까. 할머니가 생각이 난 이유는 알코올이 힘 들어간 어깨의 긴장을 풀게 해줘서가 아닐까. 아니면 알코올이 할머니를 향한 그리움으로 나를 데려가기 때문이었는지 알 수 없었다.

사랑이 뭘까. 두 사람이 만나 서로가 없으면 안 된다는 직감의 소통으로 결혼을 하고 아이를 낳았다. 그리고 두 사람은 둘이 만나 하나가 되어야 한다는 주변의 말에 하나 되려 자신의 일부를 깎았다. 공평하게 잘라냈는지 한쪽만 잘라냈는지는 알 수 없었다. 얼핏 보기에 공평해 보여도 속사정은 말하는 화자가 누구인지 따라 변했으니까. 유리한 해석을 듣기 위해 화자는 자신과 같은 편의 사람들을 모아 이야기하면 된다는 국룰을 깨우쳤다. 대개 이런 방법에 능한 사람들은 결혼으로 하나가 되기는커녕 둘이 모여 여러 조각이 되어버렸지만. 그리고 진짜 사랑은 둘이 모여 하나 됨이 아니라 둘이 모여 셋이나 넷이 되는 게 정상인데, 이럴 거면 수학은 왜 배우나 싶었다. 소금물 농도 구하는 방법은 왜 배우는 거냐던 그녀가 떠오르는 날이다.

이혼 후 착했던 내 딸이 변했다. 그 아이는 언제나 내 옆에서 내 말을 들어주고 엄마가 힘들지 않게 가게 일을 돕던 딸이었다. 언제부터인지 그 아이는 내 말을 듣다가 자리를 피했고, 듣는 표정이 묘하게 바뀌기 시작했다. 남편과의 이혼은 내게 큰 아픔이었는데, 딸은 결혼을 해보지 않아서 그런지 나를 이해하거나 위로해주지 않았다. 평생의 짝이 한 순간에 남이 되는 그 아픔을 혼자 겪어낸다는 게 얼마나 고독한 일인데. 그 아이는 제 아빠와 똑같이 나를 떠났다.

스페인. 한 번도 가보지 않았고 한국과 시차도 꽤 나는 곳으로 3개월 여행을 간다고 했다. 가게 일을 돕다가 결혼하고 동생들을 봐주면 좋을 텐데. 혼자 낭만에 취해 유럽 여행이라니… 친구들에게 딸아이 이야기를 하니. 그 나이 때 여자애들은 유럽 여행을 많이 간다더라. 아들이 있었다면 달랐을까?

　　큰딸이 외국으로 가고 참 바쁘게 외롭게 삶을 살아냈다. 돈을 벌고 남편의 빈자리를 느끼지 않으려고 온갖 모임에 나갔다. 친구들을 만나 초등학교 이야기, 중학교, 고등학교, 대학교 이야기를 나누다가 우리가 즐겨 듣던 노래를 부르고 아이들 이야기를 했다. 술에 취하면 내가 하는 말이 네가 하는 말이 되고 우리는 어릴 적과 똑같다는 매번 같은 말의 연속이었지만, 덕분에 시간은 빠르게 지나갔다.

　　딸은 한 계절을 외국에서 보내고 돌아온다고 말했다. 돌아오면 나를 도와 우리 모두 행복하기 위해 그 아이의 역할이 참 크다. 조금 있으면 내 딸이 내 품으로 돌아온다.

　　문자 한 통이 도착했다. 전남편의 동생, 시누이로부터 전남편이 위태롭다는 소식이 도착했다. 도무지 이해할 수 없는 감정이 몰려왔다. 사랑과 증오 사이를 오가며 4계절을 쌓아 27년을 마주보고 살았는데, 우린 헤어졌다. 그의 마지막이 이렇게 빨리 다가올 줄은 몰랐다.

딸에게 돌아오라는 연락을 했고, 거짓말처럼 딸은 3일 뒤에 한국으로 돌아왔다. 전남편은 그날 새벽 세상을 떠났다. 나보다 더 사랑했던 자기 엄마의 곁으로.

장례식장에 먼저 도착해 있다는 딸아이 덕분에 무거운 발걸음을 움직일 수 있었다. 작은딸과 함께 그의 앞에 섰다. 누군지 모를 남자가 상주로 서 있었고, 시집 식구들이 어떤 여자를 데리고 나갔다. 쌍년. 내 남자 옆에 다른 여자가 있었다. 아니, 이젠 내 남자가 아닌데, 그는 그새 새로운 가정을 꾸리고 살다 떠났다. 눈이 뜨겁다. 큰딸이 어딨는지 전화를 걸었다.

뚜- 뚜-

큰딸이 전화를 받지 않는다.

오전 6시 50분. 내가 준비한 음식으로 식사를 마친 손님들이 간소하게 짐을 챙겨 관광길에 오른다. 몇몇은 큰 가방과 캐리어를 정리하고 다음 여행지 혹은 한국으로 돌아갈 준비를 하는데, 그들에게 나는 스페인 마드리드의 기억과 함께 추억 속 풍경과 같았다. 그 덕분에 나와 작별 인사를 하는 오전 10~11시면 포옹을 하며 눈시울을 붉히는 이도 있었고, 몇몇은 한국에서도 연락하겠다는, **'다음에 한번 밥 먹자'**는 한국식 인사를 하며 떠났다. 나는 어제와 같은 표정으로 그들에게 스페인의 햇살이 언제나 당신을 비추길 바란다며 인사를 건넸다.

오전 10시 50분이면 1층 복권집에서 어김없이 빠르고 울창한 소리로 **"로또리 로또리~"** 하는 소리가 들려왔다. 알고 보니 매일같이 북적이는 그곳이 마드리드에서 유명한 복권집이었다고. 그래서 그곳은 항상 북적였고, 일확천금을 고대하는 희망찬 표정의 스페인 사람들을 볼 수 있었다. 정작 나는 복권이 당첨되어도 내 삶은 크게 바뀌지 않을 거라고 생각했기에 한국에서도 복권을 사지 않았다. 누구는 매주 같은 번호의 복권을 사고, 누구는 긁는 복권을 가방에 품고 살다가 절벽 끝에 내몰린 느낌이 들면 500원짜리 동전으로 근심을 긁어 내린다고 했다. 속에 있던 그림이 일치하건 아니건 상관없이 오늘의 때를 벗기는 느낌을 위해 복권을 산다고 했다. 갑자기 그들이 떠오른 이유는 복권을 사려고 길게 줄 선 스페인 사람들, 저 사람들도 각자 다른 목적을 가지고 복권을 사겠지 하는 상상 덕분이다.

우리 민박집 앞에는 도토리 먹고 자란 돼지, 소금에 절인 돼지 뒷다리가 주렁주렁 매달린 하몽집이 있었다. 사실 이 집 하몽은 맛이 없었다. 현지인들이 먹는 맛집은 관광지 저편에 줄지어 있었고, 숙소는 관광지 중심부에 있었기 때문에 내가 다니는 하몽집, 추로스집, 오렌지주스와 감자튀김 집은 쇼핑센터 뒷골목에 위치해 있었다. 스페인 길거리 음악가들이 하나둘 거리에 공연장을 설치하고 있었다. 매주 같은 자리, 같은 사람들이 같은 곡을 연주했다. 그리고 동전을 받을 박스를 앞에 두고 지나가는 사람들의 흥을 모았다. 사람들은 바삐 가던 길을 멈춰 서서 음악에 어깨를 들썩였다. 알라라라라라 후르히! 이 정도의 흥 돋움 소리를 빼고는 알 수 없는 스페인어로 가수는 노래했고, 사람들은 떼창을 불렀다. 이 노래

제목이 뭔지, 뜻은 뭔지 궁금하지도 않았고, 동전을 던지지도 않았다. 내 눈길은 항상 연주자들이 어떤 자격증 혹은 표창장 같은 걸 잘 보이는 위치에 두었다는 공통점에 멈춰져 있었다.

거리의 예술가들은 오디션을 보고 길 위에서 공연할 수 있는 자격증을 받았다. 어떤 예술가들은 종종 연주 도중에 경찰복을 입은 두어 명의 저지를 받고는 했는데, 자격증(공연 허가증) 없이 연주하는 이들은 매번 다른 얼굴로 같은 경찰관에게 잡혀갔다.

공원 나뭇가지에 줄을 걸고 그림을 걸어 팔던 화가를 보았다. 그의 주 종목은 수채화. 스페인 마드리드 왕궁, 솔 광장의 동상과 하몽집, 프라도 미술관, 레이나 소피아 미술관의 유명 작품의 모사 등등이 그려져 있었다. 그는 캠핑 의자에 앉아 또 다른 그림을 그리고 있었다. 공원엔 비둘기와 햇살, 관광객과 초록색 깃털을 가진 이름 모를 앵무새들이 있었고, 그는 지나가는 누구와도 눈을 마주치지 않았다. 그의 손은 무척이나 바쁘게 움직였다. 왼편에 담긴 수채용 물통에 붓을 씻어 팔레트 안에서 색 혼합을 하며 밝은 색에서 어두운 색을 만들어냈다. 그가 만든 어두운 색감 속에는 노랑, 파랑, 빨강, 다시 주황이 더해져 근심 걱정 없는 검정색이 만들어졌다. 그 검정색으로 물들인 옷을 걸치고 프라도 미술관 옆 레티로 공원을 걷는 상상을 했다. 강렬한 태양을 가려주는 얇고 긴 잎사귀가 가시 같은 나무들은 이글거리는 스페인 태양 아래 살아남기 위해 잎사귀를 펴지 않는 듯하지만 지나가는 모든 이의 그늘이 되어주는 스페인의 가로수가 내게는 따스한 그늘이 되어줬다. 걷다 보니 나룻배를 탈 수 있는 호수에 도착했고, 호수 앞 벤치에 앉아 해 지는 광경을 눈에 담아보았다. 내일은 그림을 그려야지. 지금 느끼는 이 평화는 사실 밖에서 오는 것들이 아니었으니까. 길거리 화가가 그렸던 무채색엔 평화가 없었고, 뾰족한 잎사귀의 가로수 그늘에도 따스함보다는 서늘함이 묻어 있었는데, 내 마음엔 출처 모를 따스함이 피어나고 있었다.

지는 태양이 만들어준 내 그림자가 물 위로 자리를 옮기는 동안 나는 벤치에 앉아 사람들을 구경했다. 어떤 이는 노래를 했고, 어떤 이는 춤을 췄다. 어떤 이는 맥주를 건네며 "니하오" 인사를 건넸고, 나는 '집에 가라'고 답하며 맥주를 거절했다. 어쩐지 어깨는 들썩이지 않았는데, 아침마다 들려오던 1층 로또 복권 아줌마의 라임을 노래하는 내 목소리가 들려왔다. 한국에 돌아가면 복권을 사야지. 돌아가면 해야 할 것들이 생기기 시작했다.

사랑을 정의해보라. 유난히 나는 이런 말을 많이 들었더라. 여자니까 너를 좋아하는 남자를 만나라고. 여자아이니까 대학까지만 나와서 결혼하면 된다고. 아빠가 이런 말을 참 많이도 했다. 딱히 기술이 없어도 되는 게 여자고, 남자의 사랑을 받아야 행복한 결혼 생활을 할 수 있다는 그의 말을 듣지 않아 다행이다. 나는 항상 그의 말에서 오류를 찾았다. 그렇게 인생의 진리를 아는 사람이라면 행복해야 하지 않겠는가? 내가 바라본 그의 결혼 생활은 불안해 보였다.

당신이 사랑하는 여자와 결혼 생활을 유지하는 것. 한 방향의 사랑이 이룬 결혼은 시작부터 기울어 지어진 모래성과 같은 것이라고 그가 말했다. 하지만 여자로 태어나 행복한 결혼을 유지하는 방법은 기울어진 모래성에서 사는 것이라고 말했다.

그의 눈 아래에는 항상 긴장과 피곤함이 깃들어 있었다. 편안함은 없는 그런 모양이었다. 순정이란 말의 고운 의미가 무색하게 그녀를 진정 사랑했는지 짐작할 수없이 흔들리는 눈동자. 그는 매일 아침 면도할 때 하루하루 수척해져가는 자신을 보았을 거다.

엄마는 사랑의 확인을 주지 않는 아빠를 증오했다. 그녀의 날카로운 괴롭과 그를 향한 눈빛은 증오였는데, 그녀의 입에선 항상 질문만 토해졌다.

둘은 '나는 당신을 사랑해. 당신이 행복해졌으면 좋겠어. 당신은 뭘 좋아해?' 등의 말이 아닌 원망의 말을 주고받으며 갈증에 시달리는 사랑을 했고, 목마름의 탓을 상대에게 돌렸다. 그리고 내게 와서 사랑과 행복, 결혼을 논했다.

"당신은 누굴 사랑하는 거야? 나야? 당신 엄마야?"

이들의 말은 모순과 거짓의 안개 속 소설이었다. 현실 속 내 부모의 가르침은 어느 하나 믿을 수 있는 게 없었다. 아빠는 엄마를 사랑해서 결혼했고, **"여자는 남자의 사랑을 받는 결혼을 해야 한다"**고 말했다. 그러나 엄마는 행복해 보이지 않았다. 엄마는 자신의 사랑은 진실된 것이며, 이 모든 불화는 결혼한 후에도 자기 엄마와 당신을 저울질하는 아빠의 흔들림 탓이라고 했다. 하지만 모든 문제에 자신 탓은 없었기 때문에 엄마의 말 또한 진실과는 거리가 있어 보였다.

나는 가장 가까운 사람을 의심하고 믿지 못하며 성장했다. 저 사람의 친절은 며칠 후엔 내 발목을 잡고 내 양심을 찌르며 뭔가 요구하겠지. 인생 조언을 하는 저 사람 또한 며칠 뒤엔 나란 존재의 도움 요청에 바쁘다 말하겠지. 나는 메마름을 채우고자 사랑을 찾았고, 사실 그 갈증은 가시지 않는 것이란 걸 알면서도 외면했다.

아빠의 말대로 나를 사랑한다는 사람들과 만났고, 엄마의 말처럼 그들에게 나를 사랑한다면 쥐고 있는 어떤 걸 내려놓으라 말했다. 닮고 싶지 않았는데 똑같은 짓을 하고 있는 나를 보니 살고 싶지 않았다. 어차피 힘든 삶이구나. 목적 없는 삶, 채워지지 않는 갈증, 채워도 채워지지 않는 그 무언가.

살아서 뭐 하나 싶던 그때, 옆자리에 자리하던 그가 삶을 내던졌다는 연락을 받았다.

"빨리 한국으로 돌아와. 아빠 돌아가셨어. 그래도 네가 가서 자리 지켜야 하지 않겠니?"

엄마에게 온 메시지엔 감정은 없었고, 내가 해야 할 일에 의무감을 더한 몇 마디뿐이었다. 한국으로 돌아간다. 마지막으로 본 그의 뒷모습이 마지막이 되었단 게 실감 나지 않았다. 비행기

탑승을 기다리며, 기내용 캐리어를 손으로 쓱 만지며 속삭였다.

"아빠를 사랑했던 적이 있었나..."

◇◇◇◇◇◇◇◇◇ 불안을 담은 캐리어

〈부고〉

박수영 님께서 별세하셨기에 삼가 알려드립니다.

고인: 박수영 향년 65세

빈소: 인하대학병원 장례식장 2호실

발인: 0000년 00월 00일

　　장례식장 입구에서 아빠의 이름을 찾았다. 아빠는 그새 새 가정을 꾸렸고, 그의 이름은 처음 보는 낯선 이름들과 함께 있었다. 영정 사진이 보인다. 아빠의 얼굴이 있었고, 그 앞엔 낯선 남자가 상주 완장을 차고 절을 하고 있었다. 그는 갓 20살 혹은 고등학생처럼 보였다. 흐느끼며 우는 여자는 아빠의 새 아내인가 보다. 사실은 내가 여기 서서 손님을 맞이해야 했는데, 아빠와 겨우 2년 이내로 떨어져 있었는데, 그는 전혀 다른 가족 공동체를 이루고 세상을 떠났다. 아빠의 모습은 원래 낯설었기에… 장례식장의 아빠는 오히려 익숙한 모습이기도 했다. '낯설다'는 익숙한 느낌…

　　그가 어떤 사람인지, 무엇을 좋아했고 어떤 생각을 했는지 원래도 몰랐지만 영영 알 수 없게 되고 말았다.

"저희 아버지랑은 어떤 관계셨나요?"

　　상주 놈이 물었다. '저희 아버지'. 겨우 일이 년 사이에 법적인 아들이 된 것일까, 아니면 친자식일까. 절을 하고 일어나 상주 놈과 손을 잡는 그 짧은 사이에 온갖 생각이 일어났다. 아빠는 자주 출장을 갔었고, 사업과 연구로 자주 집을 비웠었다. 하지만 두 집 살림을 하기엔 집에서 보내는 시간이 많있는데… 설마 엄마 말대로 아빠가 바람을 피우고 있던 걸까? 이런 생각들은 상주 놈의 얼굴을 마주 보며 싹 가셨다. 그는 절대 아빠의 자식이 아니라고 확신할 수 있었다. 그리고 그 상주 놈은 내 얼굴을 보더니 표정이 묘하게 변했다.

　　'돌아가신 저희 아버지 얼굴을 장례식장에서 본 소감이 어떠냐 이놈아!'

　　장례식장의 음식은 참… 맛이 없다. 그나마 육개장에 고사리와 나물 고기가 풍성하다면 먹을 만하지만 대부분 적당히 모양만 갖춘 경우가 많더라. 아빠의 새 가족들은 큰고모와 작은아빠와 모여 웅성이고 있다. 큰고모와 장례식장 입구에서 마주쳤는데, 우린 말없이 울었다. 울다 멈춰서 그녀의 손을 잡은 것은 앞으로 우리는 볼 일이 없을 테니 마지막 인사였달까. 그리고 작은아빠의 모습

◇◇◇◇◇◇◇◇◇　불안을 담은 캐리어

은 저 멀리서 보였는데, 그가 날 피하고 있다는 느낌이 들었다. 아무리 그래도 내가 친자식인데, 생판 남이 상주라니. 육개장을 씹으며 욕하다가, 장례식 때문에 스페인에서 돌아온 내 상황을 이들이 알 리는 없었으니 넘기기로 했다.

장례식장 구석에 자리를 잡고 무릎을 구부려 앉았다. 구석에 앉아서 상주 놈과 새 가족이 손님을 맞이하는 걸 지켜보고 있었다. 내 옆엔 공항에서 바로 온 티를 내주는 캐리어 하나와 큰 가방이 자리했다. 검은색 옷이 없어서 회색 반팔 티셔츠에 트레이닝복 바지를 입고 왔다. 화장기 없고 머리도 삐쭉한 모양에 짐들이 가득해서인지 내 주변 자리엔 문상객이 없었다. 나를 알아보는 아빠 친구들도 더러 있었지만, 상주 놈과 악수하거나 문상 인사를 나누느라 그런 건지 나를 피해 갔다. 나를 반기는 이는 하나 없었지만 누구도 나를 내쫓지 못했다.

캐리어 속에서 수건과 치약 칫솔 그리고 폼 클렌저를 꺼내 화장실로 이동했다. 손으로 머리를 빗어 넘기고 찬물로 얼룩덜룩한 눈물 자국을 지우고, 입가의 붉은 고추기름도 닦아냈다. 오랜만에 남이 해준 한식을 먹어서 그랬는지, 육개장을 두 그릇이나 비워냈다. 눈은 부었고 머리는 공허했지만 배는 불렀다. 15분 뒤에 동생과 엄마가 장례식장에 온다는 연락이 왔다. 엄마는 아빠를 보고 어떤 표정을 짓고, 새 가족을 보고는 무슨 말을 할까. 수건으로 얼굴의 물을 닦고 자리로 돌아오니 엄마와 동생이 아빠의 영정사진 앞에 서 있었다. 동생 뒤에 서서 손을 부르르 떨고 있는 엄마를 보니 숨이 막혀온다. 그녀가 가방에서 핸드폰을 꺼냈다. 그리고 내 전화가 울리기 시작했다. 나는 캐리어를 두고 장례식장에서 도망쳤다. 지하를 벗어나 장례식장 로비로 올라오는데 식은땀이 흐르기 시작했다. 가슴이 두근거리고 시야가 닫히는 느낌이 들었다. 어깨가 짓눌려온다. 어지럽고 숨이 가쁘다.

후우후우…

엄마의 이름이 핸드폰에 수차례 나타났다 사라졌다. 문자나 메신저를 읽고 답을 안 주니 여간 답답했나 보다. 그녀는 음성 메시지를 남기기 시작했고, 어떤 때는 모르는 전화번호로 전화가 울렸다. 나는 그게 엄마일 걸 알지만 혹시라도 아니길 바라는 마음에 전화를 받았다.

"너 어디니? 넌 네 아빠가 죽었는데 너 혼자서 연락 끊으면 다야? 여태까지 외국에 나가서 놀다가 가족들도 안 챙기고 뭐 하는 거야? 어? 대답 좀 해봐. 에휴. 엄마도 너네 할머니 돌아가시고 네 아빠까지 이렇게 빨리 갈 줄 몰랐어. 할머니는 그렇다고 해도 넌 네 아빠 큰딸인데, 네 장례식에서 네 권리를 찾아야지. 어? 안 그래? 아빠 딸이야, 너. 가만있어 보자. 엄마가 아빠랑 이혼하기 전에 들어놓은 보험이 있어. 보험금이 좀 나왔을 텐데. 너는 누가 봐도 아빠 딸이고… 결혼할 나이가 돼가는데, 아빠가 너한테 결혼 자금 해주려고 이렇게 스페인에서 불렀나 보다. 어쩐지 엄마 꿈에 네 아빠 식구들이 계속해서 나오더라고. 아무튼 꼭 전화해라. 가서 장례식장도 네가 지키고 그래야지. 그래야 우리가 들어가 있을 명분이 생기지. 알아들었어?

　대답 좀 해, 이 기집애야."

"좋겠다 넌. 연석 씨랑 계속 만나다가 결혼하면 되잖아. 연석 씨는 명문대생이니까 나중에 돈도 잘 벌 테니 애 낳고 살면 인생 펴는 거지. 넌 그림 전공도 했으니까, 집에서 고상하게 그림 그리면서, 크으~ 부러운 년. 언니가 말했지? 결혼해서 애 낳고 집에서 넷플릭스 보는 게 얼마나 좋은데… 일해봤자 다 소용없어. 돈 몇 푼 버느니, 난자 나이 젊고 싱싱할 때 아이를 가져야…"

이 언니라는 인간이 민정이다. 물론 그녀는 미혼이다. 갑자기 스페인으로 떠난 내가 연락도 없이 한국으로 돌아왔으니 자기를 꼭 만나야 한다고 그녀가 말했다. 내가 한국에 돌아온 것은 카톡 프로필 사진을 보고 짐작했다고 덧붙였다. 술이 마시고 싶어서 그녀와 만났다. 평소에 마시지 않는 소주를 돼지 껍데기 집에서 홀짝홀짝 마시고 있다. 목이 타버릴 것 같고 며칠 전에 느낀 무거운 억눌림과 다른 기분으로 고개가 들리지 않았다. 옆에서 시끄럽게 떠드는 민정이는 결혼이 어떻고 남자가 어떻고 열심히 떠들며 남자친구 연석을 이 자리에 부르라고 난리다. 연석이는 지민이와 같은 대학에 다닌다. 그래서 민정이는 연석의 친구들을 소개받고 싶어서 날 보러 온 거다. 마침 내가 연석의 학교 근처에서 지내고 있다고 하니, 앞뒤 상황 하나 묻지 않고 이곳에 온 그녀.

"있잖아. 나 힘들어… 끅… 어제 말이야… 끅…"

힘겹게 말문을 열었지만 딸꾹질이 났다. 민정은 또다시 남자 얘기와 돈 얘기를 하다 말고 내 핸드폰을 빼앗아 어느새 연석에게 전화를 걸고 있었다. 연석과 통화하는 민정은 내 목소리는 들리지 않는가 보다.

"야… 내가… 말하고 있잖아. 나… 끅… 내 핸드… 끅…이리 내… 끅."

민정의 목소리는 전혀 다른 사람이 되어 있었고, 연석에게 가게 위치를 알려주고야 핸드폰을 돌려줬다. 그리고 그녀는 연석의 친구들과 소개팅을 잡아달라는 말을 하기 시작했다.

"야이 끅…! 씨발년아!!!!!! 내 말 좀 들어봐!!! 으아아앙…"

나는 소주잔으로 그녀의 이마를 쳤다. 그리고 그녀의 얼굴을 감싸고 박치기를 했다. **"아빠 죽었다고. 울 아빠 죽어서 졸라 힘들다고오오."** 나는 주저앉아 울기 시작했고, 얼마나 시간이 지났는지 누가 나를 일으켰는지 전혀 기억나지 않는다. 정신 차려보니 숙소 천장이 보이고 연석이 차를 끓이다 나를 깨우고 있었다.

뭐가 어떻게 된 거지… 머리를 잡고 생각을 돌렸다.

핸드폰을 확인해보니 민정이에게서 문자가 와 있었다. 묵은 불만들과 온갖 욕들로 가득 차 MMS 다운로드가 필요한 5개의 문자가 도착해 있었다.

민정이는 그 뒤로 내 앞에 나타나지 않았다.

아빠의 장례식장에 캐리어를 두고 커피숍으로 도망친 그날부터 장례식이 끝나는 날까지 엄마는 내게 전화를 수없이 걸었다. 어쩌다 한 번 받은 모르는 번호는 엄마의 새 남자친구 핸드폰이었다. 그녀는 자기 남자친구가 많이 걱정한다며 네가 이렇게 혼자만 잠수 타면 동생이 보고 뭘 배우겠냐고 화를 내다가 어느 순간 목소리 톤이 가라앉았다.

회신도 하지 않는 내 핸드폰을 울리며 끝나지 않을 것 같던 엄마의 연락이 거짓말처럼 멈췄다 싶더니 가끔 동생 번호로 연락이 오면 역시 엄마의 지령이었다. 동생과도 사이가 좋지 않아, 내 상황을 이해하는 가족은 단 한 명도 없었다. 가족. 가족. 가족의 연락을 이렇게 많이 받은 적은 이번이 처음인 것 같다.

전화벨이 울리면 하소연과 원망의 문자가 쏟아졌고, 나는 다시 숨이 가빠오기 시작했다. 남자친구는 이런 내 모습을 묵묵히 바라보고 어깨를 내주었다. 그와 커피숍에서 내내 같은 음료를 마시고 있었다. 그가 대신 가져다준 캐리어엔 온갖 기념품과 생활용품, 옷가지가 들어 있었다. 가방에서 그를 위한 기념품을 꺼내 주고 진공 포장된 하몽 팩을 꺼냈다.

"연석아. 부탁인데… 이거 아빠한테 주고 와줄래? 아빠한테 주고 싶어."

게스트하우스 앞에 있던 하몽집에서 사 온 하몽 진공 팩을 꺼내 그의 손에 쥐여주고 눈물을 닦았다. 다신 장례식장에 가고 싶지 않았지만, 캐리어 속 하몽 진공 팩을 꺼내버리고 싶었다. 그가 이 하몽을 좋아할지 아닐지 알 방법은 없지만, 죽어서 보고 있다면 그 영혼이 스페인 관광을 하고 싶어지지 않을까 생각했다. 연석이에게 '**나는 아빠를 좋아한 적이 없는 것 같다**'고 말하다가 '**아빠랑 뭘 어떻게 말하고 지냈어야 하는지 모르겠다**'고 했다. 아빠를 오랜 시간 미워했는데 왜 미워했는지 모르겠다고 말하고 엉엉 울었다. 엄마도 아빠도 내 이야기를 들어주지 않는 건 똑같은데 나는 왜 아빠를 미워했는지 이유를 찾을 수 없었다.

사춘기 시절 아빠가 내 브라 끈을 잡아당겼다 놓는 장난을 쳤고, 가슴을 만져보자는 장난의 말로 나를 성추행했다는 이유를 댔는데, 이젠 그 기억들이 흐려졌다. 그는 나와 친해질 수 없었다. 하지만 그 행동 이상으로 내가 그를 미워한 이유는 딱히 떠오르지 않았다. 그의 장난은 항상 선을 넘는 것이었고, 그는 단 한 번도 사과하지 않았다. 학교에서 뭘 배웠고 누구와 친하게 지내는지 그는 묻지 않았었다.

"재밌는 얘기 해줄까?"

연석이에게 말했다.

"학예회에서 모두가 볼 때 내가 말했어. '아빠. 어제처럼 말해봐. 내 가슴 만지고 싶다며? 만져.'라고 발표 시간에 말했다? 아빠는 얼굴이 붉어지고는 나가버렸고, 엄마는 내 등짝을 때렸어. 그날 조퇴하고 전학을 가게 된 거야. 중학교 때니까 진짜 오래된 것 같은데… 10년 넘었으니까. 근데 오래된 것 같지가 않아. 나 그날 할머니한테도 전화를 했거든. 아빠가 심한 장난을 쳤는데, 왜 아무도 나를 돌봐주지 않냐고. 근데 할머니는 아빠가 날 사랑해서 그런 거라고, 사랑하는 사람에게는 가끔 어리광도 부리고 이해하기 힘든 장난을 칠 수도 있는데, 사랑의 눈으로 보면 이해할 수 있다고 그랬어. 근데 웃기지? 고모들도 나한테 똑같은 말을 해줬거든. 네 아빠가 어릴 적에 자기들한테도 그런 장난을 쳤다고. 다 그냥 장난이라고 말하는 게 너무 화가 났지만 계속해서 들으니까 마음이 차분해지더라. 그리고 학예회에선 사실을 얘기한 건데, 나만 혼났지 뭐. 근데 별로 무섭거나 그렇진 않았어. 다들 별것도 아닌 일로 나한테만 뭐라고 하더라고. 참 나... 하하."

연석의 표정이 어땠는지 기억이 나지 않는다. 마주친 그의 눈빛이 잠시 흔들렸다는 짧은 기억만 날 뿐. 그는 아무 말 없이 머리를 쓰다듬어 주고, 카운터에 가서 티슈를 받아 왔다.

"아 맞다. 우리 할머니 말이야. 엄마가 엄청 싫어했는데. 자기 시어머니라서... 하하하. 근데 나는 할머니가 진짜 너무 좋았거든. 할머니는 나한테 항상 좋은 것만 주시고 내가 좋아하는 과일도 사다 주시고 그랬는데. 나한텐 할머니가 든든한 울타리였어. 유일한 어른 같은 거 말이야. 근데 내 엄마랑 사이가 안 좋으니까 할머니랑 놀고 온 얘기나 좋았던 기억을 집에서 얘기할 수가 없었어. 할머니네서 잘 때, 할머니가 옆에서 얘기 들어주시다가 먼저 잠들면, 삐쳐 있다가 나도 잠들었는데 말야. 우리 할머니는 아침에 진짜 빨리 일어나시거든. 밥하는 소리에 깨서 일요일 오전 시간 보냈던 기억이 난다. 할머니 보고 싶다... 으... 윽... 아빠는 할머니 보러 하늘로 갔나 봐. 이거 있잖아. 이 하... 하몽은 아빠 거 아니야. 아빠한테 이거 가져가서 할머니만 먹으라고 전해만 달라고 전해줄래? 수고비로 아빠도 한두 점 먹든지 하라고…"

연석은 하몽을 들고 길 건너 장례식장으로 갔고, 나는 커피숍 테이블에 얼굴을 붙이고 유리창 밖을 바라보았다. 눈물은 뺨을 타지 않고 흘러 테이블에 작은 웅덩이를 만들었다. 약간 끈적한 코가 입으로 들어와 맛이 느껴질 때 일어나서 코를 풀었다. 연석이 돌아오는 게 보였다.

연석은 아무 말 없이 나를 안아줬다. 향냄새. 그에게서 살짝 향냄새와 국화꽃 향기가 났다.

"아빠. 할머니한테 하몽 배달 잘 해줘요. 아빠도 같이 드시든지요."

"너 사람들이 왜 소설보다 에세이에 환장하는 줄 알아?"

연석이가 책을 읽다 말고 질문했다.

"소설은 소설이잖아. 아무리 자극적인 상황을 만들어도 그건 가짜잖아. 사람들은 주인공이 가짜로 괴롭고 가짜로 행복한 거엔 관심 없어."

그가 세상 사람들 모두를 만나본 적은 없을 테지만, 자신 있게 모두의 생각을 대변하여 말했다.

"행복과 불행, 나는 이쪽 너는 저쪽, 사람들은 단 두 가지로 나누는 걸 참 좋아해. 오죽하면 남자 여자 단순하게 생식기로 나누고, 남자는 이렇고 여자는 이렇다고 말하는 성인들이 넘쳐나잖아. 시대가 변해서 평등이네 뭐네 하지만 새로운 세대는 부모에게 배우면서 자라. 남자는 이렇고 여자는 저렇다고. 그러니 아이들은 또 성인이 돼서 아이들에게 말해. 남자는 저렇고 여자는 이렇다고. 결국은 자신들은 신세대라 기성세대와 다른 걸 전수한다고 하지만 결국 뭔가를 나누는 기준은 변하지 않고 내용만 살짝 바뀌게 되어 있어. 문제는 나누는 기준인데 말이야."

　　그는 소설과 에세이의 차이점을 이야기하다 말고 모든 문제를 남녀로 나눠 말하는 사람들을 이야기했다. 그는 자신은 남자인데 어릴 적부터 남자는 겁이 없고 여자는 연약하다는 말에 의문을 가졌다고 했다. 그리고 우리를 보아도 자신은 큰소리 내고 싸우는 걸 싫어하고 나는 생각 정리보다 행동이 먼저 가는 타입인데, 우리 둘만 봐도 자신은 남자가 아니고 나는 여자가 아닌 거 아니냐고 했다. 세상 모두가 남녀의 특성을 말하는데 그는 남자지만 '남자'가 아니었고, 옷을 벗겨야만 '남자'였다. 하지만 대화를 하다 보면 '남자'인데 '남자'가 할 말을 하지 않는 '남자'였고, 나는 벗겨보면 '여자'인데 '여자'같이 행동하지 않는, '여자' 같지 않은 '여자'였다. 이런 우리의 만남을 보고 친구가 이런 말도 했다. "너희는 남녀가 바뀐 거네. 하하하, 네가 '남자'고 쟤가 '여자'네." 우리는 또 한 번 남녀 구분에서 벗어날 수 없는 특별 구분법으로 남자는 이래야 하지만 여자같이 행동하는 남자도 있고, 여자는 저래야 하지만 남자같이 구는 여자도 있다는 트랩에 잡혀버렸다.

연석의 집엔 부모님과 동생이 있었다. 연석이가 잡아준 숙소에서 오래 지내지 못해 그의 집에 오게 되었다. 그의 부모님께는 어떻게 말씀드렸는지 기억이 가물가물하다. 술에 취해 있었고, 기억나는 대사는 이게 다다.

"제가요… 너무 슬픈… 끅, 이게 아빠가 없어서… 아빠가 하몽을 좋아하는지 모르겠어요. 끅! 끄-끅…

저는 아는 게 없어요. 아빠는 엄마랑 똑같아요. 엄마도 아빠도 똑같아요. 도움이 안 돼요… 끅, 저 너무… 끅, 으흐흐흑…"

스페인에서 한국으로 돌아온 지 2주밖에 안 되었을 때였고, 이후의 내 기억들은 1~3일 간격으로 나뉜다. 연석이 학교에 가면 나는 연석의 방에서 잠을 자거나 울었다. 밖에서 연석의 부모님이 들으실까 봐 소리 없이 울었다. 연석이 학교에서 돌아오면 방으로 빵와 음료를 들여줬고, 나는 허겁지겁 그것들을 먹어치우고 캐리어에 남아 있던 초코렛을 꺼내 먹었다.

온종일 울면서 시간을 보내기엔 하루가 길었다. 방으로 해가 들었다 나가는 동안, 방 밖에선 티브이 소리가 들렸다가 현관문이 열리고 닫히기를 반복했다. 모두가 외출하면 조용히 부엌으로 가서 물을 마시고 화장실에 다녀왔다. 저녁 시간엔 꼭 다 같이 식사하는 게 이 집에서 지내는 동안의 룰이었으므로, 저녁에만 연석의 가족과 대면했다. 그리고 4일째 되던 저녁 그의 엄마가 내게 말했다.

"너도 한창 공부할 나이인데… 엄마라고 생각해. 네 엄마다 생각하고 지내."

6일째 되던 저녁 그의 아빠가 내게 물었다.
"연석이 어디가 좋아? 연석이랑 같이 살래?"

8일째 되던 저녁 그의 엄마가 물었다.
"연석이가 그러던데, 스페인에서 갑작스레 돌아왔다고… 때론 시간이 필요한 순간이 있어. 혼자 생각하고 거울을 보는 시간. 그리고 애처럼 굴어도 돼. 그래도 돼. 내가 도와줄게. 스페인에서 그림 그렸다며? 보여줄 수 있어?"

"희정아. 나랑 결혼할래? 도장만 먼저 찍고, 네가 가고 싶은 나라 한 번 더 다녀와. 가서 그림도 그리고 그냥 놀다 와. 그래도 돼. 유명한 화가들은 항상 여행을 떠났다더라? 나 책에서 봤어. 넌 꼭 성공할 거야. 안 하면 내가 투자 실패한 게 되겠지만. 너는 여기저기 돌아다니면서 그림을 그리고 나중엔 꼭 대단한 화가가 될 거야. 그러니까… 나랑 혼인 신고 하고! 다녀올래? 그동안 난 졸업하고 있을게."

어느 날, 그가 웃으며 내게 "우리 도장 찍자. 결혼하자"는 말을 했다. 사랑하는 마음을 표현하는 게 부족하다 느낀 나는 그에게 연애 초부터 결혼하자고 말했었다. 그는 여자를 사귄 경험이 없었고, 나는 남자친구 자리가 부재중이 되면 곧바로 자리를 채웠었다. 그래서 **'연애는 말이야, 이렇게 하는 거야'** 하는 말을 하는 쪽은 내 쪽이었고, 그는 **'어머나 이런게 연애라니'** 붉어진 뺨을 손부채로 식히던 쪽이었다. 그래서 그는 인생의 첫 **뽀뽀**, 첫 키스, 첫 여행으로 기록한 일들을 나는 그와의 첫 **뽀뽀**, 첫 키스, 첫 여행으로 기록했다. 딱히 처음에 목숨 거는 타입은 아니었지만, 내심 자기는 좋은 곳에 놀러 가면, 나랑 이곳에 오고 싶다는 마음과 여기도 다른 사람과 와봤을까 하는 생각이 교차한다는 그의 말에 배꼽 잡고 웃었다가 미안한 감정이 들었다. 그때부터 그에게 **'내가 해줄게, 너는 편히 쉬어. 힘들고 무거운 건 들지 말고 나한테 줘'** 같은 사랑으로 코팅한 말들을 해대고, 만났다 헤어질 때면 지금은 각자 집에 돌아가지만 결혼하면 집에서도 볼 수 있다며 결혼하자는 말을 건넸던 나다. 그는 웃으며, 집이 없어서, 돈도 없어서 결혼은 안 된다고 말했었다.

연석의 집에서 내쫓으려는 의도였다면, 혼인 신고 하자는건 말이 안 된다. 무슨 상황이지? 나는 생뚱맞은 상황에 프로포즈를 받았다.

"왜? 싫어?"
"아니야. 갑자기 결혼하자니까 당황스러워서. 나 아직 집도 못 샀고(살 수 있을까…?), 모아둔 돈도 없는데, 괜찮아? 그보다 갑자기? 나랑? 왜? 내가 결혼하자고 할 때는 안 된다며. 내가 불쌍해서 결혼해주는 거야? 나 불쌍해?"

"불쌍한데 이뻐. 이쁜데 귀여워. 귀여운데 미워. 미운데 그림을 잘 그려. 내가 미쳐 보여? 여자친구가 이왕 외국 다녀온 거 영어 한마디라도 통하는 영국 가서 많이 보고 느끼고 왔으면 좋겠는데, 누가 침 흘릴까 봐 찜해서 보내려는 건데. 내가 미친 것 같아? 아니지. 난 계획적인 거지 하하하."

"왜 하필 지금이야? 결혼할 타이밍이 아닌 것 같아. 난 너무 구려. 나 지금은 너무 못났는데… 왜 나랑 결혼을 해?"

"음… 글쎄. 너는 예전이나 지금이나 똑같은데… 그럼 내 여자친구가 예전에도 구렸었나? 내 취향이 구린 타입인가?"

"장난하지 마. 나 진지해. 결혼할 만큼 나 사랑해?"

"너랑 결혼하지 않을 이유가 없어. 그래서 결혼하고 싶어."

"결혼하지 않을 이유?"

"응. 결혼하지 않을 이유가 없어."

그는 내게 또 한 번 다녀오라는 말을 했다. 아직 학생이라 돈을 보태줄 순 없으니 다시 민박집에서 일하면서 다녀오라고, 이번엔 영국에 가서 런더녀가 되어보라고 말했다. 그리고 결혼식은 나중에 하자는 말을 덧붙이며 이제 상견례를 해야 하니 엄마에게 찾아가보자는 말을 한다. 캐리어 속엔 여름옷만 가득했고, 작은 스케치북과 채색 도구 그리고 기념 엽서밖에 없었다. 작은 기념품과 쓸데없는 물건들로 가득했는데, 이 짐을 그의 방에 꺼내두었다. 한 손엔 빈 캐리어를 들고, 한 손으론 연석의 손을 잡고 엄마 집으로 향했다.

"엄마, 나 결혼하려고."

"너 엄마 연락 다 씹더니 갑자기 나타나서 무슨 소리야? 어? 결혼? 너 결혼 자금 때문에 엄마가 머리가 얼마나 아픈데. 이년이… 어머, 연석아 오랜만이다. 얘 머리 다쳤어? 니네가 무슨 결혼이야?"

연석은 꾸미는 말을 빼고 차분하게 의사를 전달했다. 결혼식을 급하게 하거나 신혼집을 무리하게 구하겠다는 건 아니라고 말했다. 혼인 신고만 먼저 하고, 희정이도 자신도 좀 더 하고 싶은 공부를 하고, 이후에 결혼식을 올리고 외부에 알리려는 계획이라는 말을 아주 차분히 전달했다.

그야말로 요즘 것들의 결혼이란. 말이 허락이지 통보였다. 당신 딸은 또다시 유럽으로 떠날 거라는 또 하나의 통보까지.

불
안
을
담
은
케

올어바웃런던 게스트하우스

"안녕하세요. 저는 미술을 전공했고, 스페인 마드리드에서 스태프로 일한 경력이 있습니다. 저는 참새가 방앗간 가듯, 쉬는 시간이 생기면 미술관과 갤러리를 다니고 싶어서 '올어바웃런던' 민박에 스태프로 지원을 하였습니다."

30만 원 들고 떠났던 마드리드에서 소중히 가져온 건, 밀봉된 하몽과 스케치북 뭉텅이, 미술관 관람 티켓, 자라 옷 그리고 간식뿐이었다. 한국에 돌아와 운 좋게 전시를 했고, 혼인 신고도 하고 이번엔 6개월짜리 영국 런던 여행을 떠났다. 일주일 먼저 가서 관광을 하자고 결심할 수 있던 건 내가 대찬 사람이라서가 아니라, 일하기로 했던 민박집 사장과 의견 조율이 되지 않았기 때문이었다. 그는 타워 브리지 건너편에서 '썬샤인' 민박을 운영 중이었고,

그와의 첫 만남에서 그가 건넨 근로계약서엔 갑으로서 휘두를 수 있는 조항만 가득했다. 가장 말도 안 된다고 느꼈던 것은 민박집에서 유리컵이나 식기구(플라스틱 물컵, 숟가락, 포크, 접시 등)이 파손되거나 분실되면 300파운드 남짓의 급여에서 공제한다는 부분이었다. 스태프가 망가트린 것이 아닌 손님이 망가트린 것에 대한 조항이었다. 2018년 기준, 한 달 24일을 근무하는데 300파운드밖에 안 주면서 그는 자신을 제외한 누구도 믿지 않았다. 또한 청소용품을 얼마나 사용했는지, 화장실 청소 세제가 얼마나 줄어들었는지 그 양을 체크하며, 생 야채에 들어가는 비용이 아까워 모든 야채는 냉동으로 시켜주는 주제에 스태프들에겐 많이 먹지 말라는 말을 덧붙이는 사람이었다. 다이어트도 되고 좋지 않냐면서.

　　3일간 인수인계를 받았지만 아깝다는 생각 하지 않고 때려치우기로 했다. 복없는 내 인생에 딱 몇 가지 감사한 점이 있다면 가진 게 없어서, 그나마 쥐고 있던 것들도 없는 거랑 크게 다를 게 없었어서, 조금 더 노력하면 전에 쥔 것보다 상황이 좋아진다는 걸 배운 점? 나는 사장이 건네준 근로계약서에 불만 있는 부분을 표시하며 사장과 타협을 신청했는데, 그는 표정을 보기 좋게 일그러뜨리며 헛웃음을 흘리기 시작했다.

　　허허. 참. 끅끅.

　　바보처럼. 그리고 자기는 종이에 적힌 부분을 수정해줄 수 없단다. 나는 그에게 당신이 이런 말도 안 되는 근로계약서를 미리 보내줬다면 난 이곳에 오지 않았을 것이고, 이 일로 내 시간이 버려졌다고 말했다. 쓸데없이 청소를 했고, 쓸데없이 민박집을 정리하는 시간을 가졌으니 페이는 바라지 않고, 다만 다른 곳을 구할 동안 이곳에서 지내게 해달라고 말했다. 그는 처음엔 일주일의 시간을 주겠다며 자리를 떠났고, 3시간 정도 지나 문자를 보냈다. 3일 안에 이곳을 나가라고.

3일 동안 타워 브리지 중간에 서서 템스강 아래를 내려다보기도 하고, 런던 탑까지 건너가 벤치에 앉아 템스강을 바라보았다. 영국은 한국과 8시간 차이가 났다. 고작 1시간 차이인데… 스페인은 날씨라도 따뜻했지, 영국의 3월은 칼바람에 안개가 자욱했다. 스페인에 있던 때엔 7시간의 시차가 그리 크게 느껴지지 않았…던 건 아니지만, 1시간을 더한 8시간의 시차는 눈썹까지 올라온 담벼락에 고작 벽돌 한 줄 더 올라간 거지만, 까치발을 들어도 담벼락 너머를 볼 수 없는 그런 기분이 들었다. 런던에 도착한 지 3일째 되는 날이었다. 숨 막히고 춥고 흐렸다. 런던의 첫인상은 너무나도 추웠고, 망할 놈의 블랙티를 마시지 않으면 체온을 올릴 방법이 딱히 떠오르지 않았다.

집도 없고 영국 런던에서 절을 찾을 수도 없었을 때, 그에게서 연락이 왔다.

"시차 적응은 얼추 되어가? 런던은 어때?"

눈물이 흐른 볼이 차갑게 식었다. 템스강 앞에서, 영국 런던의 중심에서 답장을 보냈다.
"템스강 앞에 있어, 여기 참 춥다."

어젯밤 꿈에 상견례 장면이 나왔다. 한껏 멋을 낸 엄마는 식당에 들어가기 전에 내 등짝을 때리면서 무슨 말을 했는데 기억이 나질 않았다. 딱 하나 생각이 나는 게 이 장면이다. 혼인 신고만 먼저 하고 또다시 외국으로 가겠다는 말에 꿀밤을 맞던 그 기억.

캐리어 바퀴가 열심히 굴러가는 소리. **두르륵드르륵~** 빈 수레가 요란하다는 말이 맞다. 내 캐리어는 생각보다 든 게 없었다. 가장 중요한 여권과 카드, 조금의 현금은 안주머니에 들어 있었고 동전 몇 개가 캐리어 속에서 요란한 소리를 냈다.

새로 일하게 된 '올어바웃런던'. 게스트하우스에 와서 호텔 서비스를 원하는 사람도 있고, 할 일 없고 인생에 걱정이 없으니 이곳에 와서 스태프 일을 하는 게 아니냐는 말을 하는 사람도 있었다. 게슴츠레 눈을 뜨고 자기를 '오빠'라고 부르라며, 네가 먹고 싶은 거 있으면 같이 한인 마트에 가자고 하는 사람도 여럿 있었다. 일을 하면서 사람을 경계하는 버릇이 생긴 게 고마울 지경이었다.

자체 경고등 기능을 탑재하셨습니다! 뻽.

츤데레지만 살뜰히 챙겨주시는 게스트하우스 사장님은 무슨 일 있으면 자기한테 말하라고 하곤, 별다른 조치는 없었다. 그래도 아는 사람 한 명도 없는 영국 런던에서 한국말로 신고할 수 있는 대상이 있다는 것 하나로 든든했다. 사실 그에게 바란 건 급여를 높여주는 것, 그리고 낯선 이곳에서의 대화였지만 세상은 내가 원하는 걸 순순히 이뤄주지 않더라. 하나를 주면 그것은 네가 노력했기에 얻을 수 있었다만 다음에도 네가 원하는 걸 얻을 수 있을지는 모르겠다고 하는 게 삶의 이치인 거다.

4인 가족이 방문한 날이었다. 그 남자는 아침 일찍 일어나 씻고 단정한 모습으로 주방에 들어왔다.

"토스트 3개 먼저 부탁합니다."

올어바웃런던 게스트하우스는 아침엔 토스트를, 저녁엔 한식을 제공했는데, 그는 아직 자리에 오지 않은 딸들의 토스트와 부인 것인지 자기 것인지 모를 토스트를 시킨 거다. 그러면서 딸들이 <해리 포터>를 좋아해서 오늘 스튜디오에 갈 건데, 뭘 사주면 좋은지, 가는 길에 먹고 마실 것을 사 가야 하는지, 아이들 옷이나 가방을 사주려면 어딜 가야 하는지를 물었고, 나는 하나하나 대답해주었다. 아빠가 저럴 수도 있는건가? 그는 토스트를 식탁에 두고 컵에 주스를 담고 자기 컵엔 커피를 담았다. 그리고 딸들을 깨워 주방으로 데려왔고, 딸들에게 잘 잤는지 물었다. 불편한 곳은 없는지, 오늘 너희가 좋아하는 해리 포터 스튜디오에 갈 건데 짐을 챙겨 9시엔 출발해야 한다고 말하면서 자기가 먹을 토스트는 안 줘도 된다고 말했다. 3개 중 1개는 아내 것이 아니라 자기 것이었다고.

반복된 일을 할 때가 가장 공상하기 좋은 시간이다. 빵을 구우며, '저 아저씨한테 물어볼까? 당신도 어린 딸들이 귀여워서 브라 끈을 당겨보는 장난을 친 적이 있냐고 물어보면 실례가 될까?' 돌아가신 아빠에게 다시 물어볼 수 없는 질문들이 하나둘 머릿속을 가득 채우기 시작했다. 그러다 빵 한 면을 태웠다. 살짝 타버린 면을 집게로 긁어내어 아빠 손님에게 주었다. 자식들을 챙기는 아빠 손님을 보면 온갖 생각이 머리를 어지럽힌다.

나도 당신 딸이랑 나이가 같았는데, 나는 토스트를 굽고 있고 당신 가족은 해리 포터 스튜디오로 떠났다. 아빠와 딸들이 가까운 관계가 되는 게 가능하기도 하구나. 신기하면서도 가슴 한편에 나에게도 아빠와 좋은 관계를 가질 수 있었던 게 아닐까 하는 생각이 들었다. 그런데 땡겨오는 브라 끈이 신경에 거슬려서 등을 벅벅 긁었다. 잘 지내고 싶은 마음은 한 방향에서 할 수 있는 건 아니란 걸 떠올리며, 프라이팬에 계란을 까 넣었다.

기억에 남는 게스트를 하나 더 소개하자면, 굉장히 말랐고 조용히 말하는 사람이지만 눈이 참 크고 또렷해서 가만히 바라보고 싶던 '혜진 언니'다. 남는 침대가 그날그날 스태프의 잠자리가 되곤 했기에, 그녀가 머물던 3일간 우린 룸메이트가 되었다. 그녀는 내가 아침 식사를 차리러 일어나는 시간에 같이 일어났고, 천천히 내가 해준 토스트를 먹으며 내게 어떻게 이곳에 오게 되었냐고 물었다. 몇 달 전엔 스페인에 있었는데 그곳에선 영어도 통하지 않아 아쉬움이 많았다고, 미술관에 참 자주 갔는데 그림 밑의 캡션 읽는 거라도 편히 하고 싶어서 영국에 왔다고 말했다. 아빠가 돌아가셔서 잠시 한국에 들른 이야기는 굳이 하지 않았고, 혼인 신고만 한 유부녀라고 나를 소개했다. 그리고 여전히 이곳에서도 미술관과 갤러리를 자주 간다고. 그녀는 토스트를 내려놓곤 내게 그림 좋아하냐고, 추천해줄 갤러리가 있느냐고 물었다.

우리는 그날 화이트채플 갤러리로 나들이를 갔다. 언니는 자기 이야기를 많이 하지도 않고 내게 많은 것을 묻지도 않았다. 우리는 조용히, 하지만 서로의 눈을 바라보며 거리를 유지하며 나란히 걸었다. 어쩌면 내 이야기를 제일 많이 한 날이 그날 인지도 모른다.

"꿈이 뭐예요?"

그림을 보다가 그녀가 물었다.

"어릴 적 꿈은 식물학자였어요. 그 토마토-감자 개량종 있잖아요. 땅 아래로는 감자가, 위로는 토마토가 열리는 개량종을 보고, 저도 그런 식물을 만들어보고 싶었거든요. 요즘은 이걸 '톰테이토'

라고 하던데, 저도 이런 걸 만드는 과학자가 꿈이었어요."

"근데 왜 과학자가 되지 않았어요?"

"엄마가 그러더라구요. 식물을 가까이하려면 벌레를 싫어하면 안 된다고요. 애벌레 있죠? 땅속에 사는 거, 잎사귀에 붙어 사는 거, 날아다니는 거. 저는 벌레가 엄청 싫어서 식물 학자의 꿈은 내려놨어요. 공부 못해서 그만뒀다는 말 기대한 건 아니죠?"

마침 우리는 옆에 곤충 견본들이 전시된 공간을 지나고 있었다. 나는 움직임 없는 다양한 곤충들을 액자로 만들어 전시해두니 무섭고 징그럽다고 생각했는데, 곤충들은 생각보다 귀엽기도 하고 이렇게 생각하는 지금이 신기하다고 언니에게 말했다. 박제된 곤충들이 움직이지 않아서 무섭지 않다는 말은 앞뒤가 맞지 않는다고 생각했고, 현대 미술 작품으로 곤충 채집을 한 이 작가가 곤충을 싫어했다면 예술가도 되지 못했어야겠구나 싶다가, 식물학자가 되고 싶었던 내 꿈은 말도 안 되는 이유로 한때의 장래 희망이 되었다고 생각했다. 과학자가 될 만큼 공부하기 싫어서 그 꿈을 내려놓은 게 맞을 수도 있겠구나 싶었다.

1층부터 3층까지의 전시를 다 보고 나서 갤러리 앞에 있는 카페로 발걸음을 옮겼다.

Can I get two cups of flat white, please? Here. Thanks, mate.

　　라떼보다 작은 잔, 라떼보다 더블로 들어간 에스프레소. 영국이니까 라떼 말고 플랫 화이트를 마셔야 한다. 아메리카노를 마실 거면 우유를 살짝 부어줘야 한다고 그녀 앞에서 영국부심을 부려보았다. 그녀는 많이 알려달라는 말과 함께, 희정 씨는 꿈이 뭐냐고 물었다.

　"저는 배우자가 있어요. 한국에서 떠나기 전에 혼인 신고를 했거든요. 사랑해서 도장은 찍고 왔는데, 그거 아세요? 돌아가면, 언젠가 결혼식을 하겠죠? 그러고 나서 떠오르는 건 제가 임신하고 아이를 키우는 모습뿐이에요. 꿈요? 생각해보면 얼마 전에도, 몇 달 전에도 꿈이 딱히 없었는데요. 혼인 신고를 해버려서 꿈이 사라진 것 같다는 생각도 들어요. 내가 꿈을 꾸면 누가 아이를 낳고 키우지? 이런 생각."

　"배우자도 같은 생각이에요? 혼인 신고 하고 영국에 가보라고 했다면서요. 그런 사람이 희정 씨에게 그런 꿈을 꾸라고 할 것 같진 않은데, 둘이 이야기는 해봤어요?"

　"못 했어요. 그 친구한테는 말하기 어려운 것 같아요. 딱 그거잖아요. '난 아이 가지면 아이가 내 꿈이 되어야 할 것 같아서 무서워.' 이렇게 말하는 것 같잖아요. 혼인 신고 하고 영국에서 이런 소리 하면 무슨 말을 할지 두렵기도 하고…"

"짝꿍이 그런 소리 할 것 같아요?"

"짝꿍요? 아, 배우자… 음… 아니요. 그럴 사람이었다면 영국에 가라고 하지 않았겠죠."

동그란 눈이 두꺼운 안경 너머로 반짝였다. 누군가 계속해서 나에게 질문을 하는 경험, 참 오랜만이다. 추궁의 질문은 많이 들어왔지만, 그녀의 질문들은 내가 말하는 동안 천천히 숨 쉴 여유까지 기다려주는 질문들이었다. 그러고 보니 언니에 대해 질문하지 못했다. 그녀에게 미안한 감정이 들었다. 나를 위해 올어바웃런던으로 여행을 와준 것 같았고, 불쑥 나도 모르게 가슴 한편이 포근해졌다.

"언니. 한국에 가면 저 만나줄 수 있어요?"

'한국에 가면.' 이 짧은 가정이 내 입에서 나오다니, 한국으로 돌아가면 하고 싶은 일정이 생겼다. 혜진 언니를 만나러 가자. 그녀는 어떤 삶을 살았을까? 어떻게 해서 저런 여유와 포근함을 가졌는지 궁금증이 생겼고, 3일은 3시간같이 지나갔다.

8시간의 시차가 나는 우리가 서로의 일상을 공유하는 것
은 생각보다 쉬웠다. 가장 손쉽고 가장 신뢰하는 사이에 할 수 있
는 방법. 사진을 공유하는 것. 와이파이존에서 사진을 클라우드에
올릴 때 서로가 볼 수 있도록 하기. 이 방법을 쓰면, 우리의 밤낮이
달라도 서로가 어디에 갔고 무엇을 봤는지 알 수 있었다. 또 하나
는 서로가 다른 시간대에 다른 삶을 살고 있음을 받아들이기. 대학
원 공부를 하는 남자친구, 아니 남편… 배우자는 수업을 듣고 공부
와 연구, 교수님의 부름에 응해야 하는 삶을 살고 있고, 나는 런던
에서 낮과 저녁엔 게스트하우스 일을 하고 오후 시간엔 런던을 즐
기는 삶을 살고 있었다. 나는 미술관과 갤러리, 템스강변을 걸었다.
어느 날은 숙소에서 그림을 그리다 옆집 할아버지가 우리 숙소 마
당으로 담배꽁초를 넘기는 것을 보며, 영국의 젠틀맨은 다 죽었구

나 생각하곤 했다. 사실 환상을 가지고 왔던 런던이었지만, 낯선 이
국의 환상은 생각보다 오래가지 않았다.

손님들은 나와 게스트하우스의 다른 남자 스태프를 연인
관계로 생각하거나, 혹은 안줏거리로 사귀어보라는 말을 하며 웃
어댔다. 나는 유부녀라고 하니, 배우자는 한국에서 아무것도 모르
니까 더욱 다행이 아니냐는 말을 서슴없이 건네는 사람도 있었다.
그 남자는 결혼은 미친 짓이라는 말과 함께 씁쓸한 웃음을 지으며
자기가 방금 범한 무례에 낭만적인 분위기를 더하기도 했는데, 내
가 사연이 있으시냐고 물어봐주길 바라는 눈치였다. 그가 자기가
사 온 맥주가 있는데 함께 마시겠냐는 말을 했는데, 나는 품격 없
는 사람과 맥주를 마시느니 빨래 널면서 혼자 마시는 게 나을 것
같다고 말하고 웃으며 자리를 피했다. 어차피 나도 저 사람에겐 내
일이면 안 볼 사람이었고, 나 역시 그가 내일이면 안 볼 사람이었으
니. 무례함에 친절한 미소는 낭비라는 걸 배웠다.

이따금 어떤 손님은 결혼하고 어떻게 혼자 이곳에 왔느냐
며 내 삶을 부러워했다.

"그냥 오시면 되는데요?"

"어우 저는 못 해요. 호호호."

그녀는 웃으며 자기가 얼마나 중요한 일을 하고 있는지를

떠들기 시작했다. 그녀는 전혀 내가 부럽지 않았다. 게스트하우스의 침대 커버를 갈고, 토스트를 해주고, 저녁상을 차리는 내 모습을 위아래로 흘겨보고 떠나던 그녀. 처음부터 이렇게 싸가지 없는 년은 아니었는데, 무슨 소프트웨어 개발자라고 했나… 자기도 곧 결혼을 한다고 했던 것 같다. 공대를 나와서 무거운 물건은 여자가 들면 큰일 나는 줄 알고, 핑크와 레이스를 코 푸는 휴지에도 달아놔야 직성이 풀리는 사람 같았다. 같이 일하던 스태프 준기가 잘생긴 편이라 그랬는지 그를 따라다니며 호호거렸다. 그리고 내 앞에선 나를 칭찬하는 것처럼 말하더니 뒤에선 깎아내리는 말을 계속했다. 처음 보는 사람에겐 가식적인 미소를 보내고, 이틀 보니 자기와 나를 비교하더니, 깔보기 시작한 거다.

우연히, 아주 우연하게 그녀와 함께 맥주를 마시게 되었는데, 그녀는 자기 신랑 되는 사람이 아주 똑똑한 사람이라고 입이 마르도록 칭찬하기 시작했다. 대한민국 명문대를 졸업했고, 직급은 과장이라나. 그리고 자기는 한국에 돌아가 결혼식 준비를 하며 퇴직할 거라는, 아이를 갖고 열심히 키워서 행복한 가정을 만들겠다는 말을 했다. 그러면서 **"어머 제가 너무 제 자랑만 했죠~? 호호호."** 웃었다.

띠링!

"자기야. 보이스톡 할까? 시간 돼?

있잖아, 며칠 전에 왔다는 게스트 있지? 땅딸보에 호호거리는

애. 오늘 걔랑 맥주를 마시면서 이야기를 듣게 되었는데 말이야. 예비 신랑이 명문대를 나와서 빠르게 과장이 됐고, 자기는 한국에 돌아가면 중책을 맡았던 직장에서 퇴직하고 아기를 가질 거래. 그리고 자기가 너무 자랑했냐고 깔깔거리는데… 소름이더라."

"무슨 소름?"

"저 여자는 결혼하고 퇴직해서 애 키우는 게 너무 좋은 자랑인가 봐. 나 부러워해야 하는 상황이야? 난 그 얘기 듣고 그게 어떤 부분에서 자랑이지 싶었어… 나는 명문대를 졸업하고 자기 일 하는 그 집 예비 신랑은 부러운데 말이야. 그런 커리어라고 해야 하나? 그리고 저런 여자 뭐가 좋은지 모르겠지만, 여기도 예랑이 보내준 거래. 사랑하는 사람에게 좋은 추억 만들라고 여행비 챙겨 주는 저런 여유가 너무 부러웠어. 근데, 내가 신랑 참 부럽다고 했거든. 경제력이 있어서 사랑하는 사람에게 돈을 쓸 수 있는 거잖아. 근데 그 남자는 너무 일이 많아서 여행을 못 간다는 거야."

"그래서?"

"그러니까… 나는 둘 다… 이게 부러워서 못마땅한 거야? 나는 둘 다 불쌍한데. 사람들이 술자리에서 부럽다는 말을 많이 하더라구. 열심히 공부해서 능력 있는 노동봇이 된 남자랑, 결혼과 동시에 퇴직하는 여자? 나는 이걸 어떤 부분에서 부러워해야 하는지 모르겠어."

"보통 사람들은 돈 많이 버는 사람이랑 결혼해서 집에서 살림하는 걸 꿈꾸지. 가방도 사고 집도 꾸미고… 넌 어떤데? 어떤 사람이 되고 싶은데?"

"난 그러니까… 내가 명문대를 졸업해서 아는 게 많고 당당하게 내 일을 하고 싶어. 그걸로 돈을 벌고, 사랑하는 사람에게 여유를 만들어주기도 하고, 그 시간을 함께하기도 하는 그런 사람이 되고 싶어. 근데 말야. 내가 지금 제일 많은 게 시간이고, 가장 강점이 '젊음'이거든? 이 젊음을 가장 유용하게 사용하는 방법, 이 여자는 임신이라는 거야. 젊어서 애를 낳으면 아이가 똑똑하다나. 그리고 나중에 애 다 키우고 일하면 된다는데… 종족 번식이 의무인 건가?

왜 애를 낳아 기르는 게 일생의 가장 중요한 일인 것처럼 이야기하는 걸까? 그럴 거면 대학 졸업하면서 애를 낳았겠지. 아니다. 고등학교 졸업하면서 가져야지. 아, 이건 아니지 않아? 내가 술 마시고 살짝 흥분을 했어. 미안. 근데 말야. 또 불만인 게, 여자는 왜 약하고 보호받는 존재라는 거야? 여자인데 또 어떤 여자는 연약하고, 엄마는 강하대. 이게 무슨 소리인지 모르겠어. 미혼 여자는 보호 대상이고, 기혼 여자는 엄마니까 짱 세다, 이건가?"

우리는 이날 여자가 왜 보호를 받아야 하는지, 언제부터 이런 사회적 인식이 나온 건지 따위를 이야기했다. 한 4시간 정도 열 띤 토론을 하고 내린 결론은 이거다. 약탈과 전쟁이 난무하던 때에 국방력을 지키기 위해선 인구수가 중요했고, 그 인구수를 유지하기 위해서는 출산율이 중요했다. 과학이 발전하지 못했던 시기엔 여성이 출산 중 죽는 경우가 많았을 거라고. 그래서 돈이나 재산을 여자에게 주기보다 전쟁 징병으로 끌려가 죽지 않는 이상 여자보다 오래 살 남자에게 여러 아내를 두게 했고, 남자는 전쟁 시 전사하는 경우가 많아 그 수도 적었을 거라고. 그래서 출산율을 계속해서 높여야 했으니까, 여자는 보호 받아야 하는 존재가 되었단 게 우리의 결론이었다.

"있잖아. 그럼 핵과 미사일로 전쟁하는 현대에 여자가 보호받아야 할 이유는 어디에 있을까? 출산하다가 죽는 경우도 적고. 여자가 아이를 키워야 한다는 건 이제는 바뀌어야 하지 않나? 모유를 먹이는 시점까지는 모유야 줄 수 있겠지. 근데 그거 알아? 모유를 아기가 직접 빨아 먹는 걸 뭐라고 하는지? '직수'. 직수한다고 한다더라. 엄마가 되면 '직수 모유 정수기'가 되는 거야. 하하하 크크크..."

술기운이 올라와서 였을까? 앞으로의 내 미래가 '오늘 밤' 항아리에서 숙성되어 버린 걸까. 쿰쿰하고 짠내가 느껴졌다. 말하다가 귀가 뜨거워져 핸드폰 열을 확인했더니 배터리는 18%, 아…
십팔 프로 남았네. 크큭. 우리는 웃었다. 5분 정도 서로의 웃음소리
가 서울과 런던에서 실시간으로 나눠지는 오늘을 기억하자며 웃었
다.

하하하하.

... All Die ...

런던 템스강변에 앉아 시간을 보내거나, 칼바람을 맞으며 걸어 다녔다. 올어바웃런던 게스트하우스는 유스턴(Euston)역 근처에 위치했고, 런던 1존 끝자락에 있었다. 북쪽에서 남쪽으로 한참 내려가야 템스강을 만나고 영국의 모던을 모아둔 테이트 모던에 갈 수 있었다. 만약 내가 매일 버스나 튜브(런던의 지하철)를 타고 이동했다면 '거지'에서 '상거지'로 등급 변화가 생길 테니 꿈도 꾸지 못할 일이었다.

주 4회 외출을 했다. 한 시간 정도 걷거나 24시간 빌리는데 2유로 비용인 Santander 자전거를 30분가량 타기도 했다. 런던을 구석구석 돌아다니다 사사로운 물욕이 폴폴 올라올 때를 조심해야 했다. 예를 들어 킹스크로스역에 있는 해리 포터 샵 굿즈라든지, 프라이마크(Primark)의 저렴한 잡화들을 구매하는 날은 조심

하지 못한 날이다. 물욕을 채운 잠깐의 15분은 행복했지만, 그 물건들은 곧이어 인생의 무게로 느껴졌다. 그래서 언제부턴가 무거움을 핑계 삼아 난 저 물건들이 필요하지 않다며 자기 최면을 걸기 시작했다. 어차피 한국으로 돌아갈 때 캐리어 속엔 여유 공간은 없을 테니까.

"있잖아. 난 오늘도 템스강으로 걸어갔어. 가방엔 15파운드 갖고 걸어갔는데, 공원이 좋아서 앉아 있었어. 근데 너무 추운 거야. 손이 차니까 커피가 마시고 싶은데, 커피를 사 먹으면 4파운드는 쓴다고. 그렇다고 1파운드짜리 커피를 마시고 싶진 않았어. 커피 한 잔에 이렇게 고민하는 내 모습은 런던이랑 안 어울리는 것 같아. 펍에서 맥주 한잔 마시는 사람들은 낮이나 밤이나 넘쳐나고 게스트하우스 손님들은 매일같이 쇼핑하고 숙소로 돌아와. 속이 너무 허한 거야. 날씨 때문인가? 한국은 어때? 거긴 날씨 좋지?"

벌써 4월이 되었다. 세상 보는 눈을 넓히리라고, 영어 듣기 최강인 한국인이니까 영국 생활은 스페인보다 더 편할 거라고 생각했었다. 영국에서의 2달은 내내 흐리고 춥고 어두웠다. 도무지 깨끗하게 갠 날이 오긴 하는 걸까? 음식은 왜 이리 맛이 없는 걸까. 이곳에서 제일 많이 사 먹은 것은 테스코(Tesco), 세인즈버리(Sainsbury's), 엠엔에스(M&S)의 밀딜(meal deal: 샌드위치 하나, 음료 하나, 스낵류 하나로 이뤄진 식사 세트. 약 3라운드). 차가운 날에 차가운 샌드위치를 씹을 때 빈곤감은 두 배 세 배가 되어 돌아왔다. 따뜻한 스프 한 숟가락이 절실했다. 한국을 이렇게 그리워하는 까닭은 무엇일까. 한국에서 도망치고 싶어서 이곳에 왔다고 습관처럼 말했지만, 도망이라고 하기엔 나를 쫓는 사람이 없었다. 혼인 신고서의 도장이 마르지도 않았는데 우리는 다른 곳에서 서로를 사랑하며 살아가고 있었다. 생각보다 계획적인 남자를 만난 것 같다. 그의 뜬금없는 프로포즈, 그리고 갑작스런 런던 여행, 5개월 내내 축축한 날씨와 어둑한 아침. 지금 내가 보고 느끼는 모든 것엔 연석이가 없었지만, '그와 함께했다면'이라는 가정이 붙었다.

이곳에서 좋은 점은 영국식 발음이 들리게 된 것. 슈퍼에서 주문하고 거스름돈 받고, 찾지 못하는 물건을 직원에게 물어보는 것 등은 쉽게 할 수 있게 되었다는 것. 그리고 매일 외로움과 함께하면서나마 숨쉬고 살아 있다는 것뿐이었다. 날씨 때문이겠지. 공원을 걷고 번화가로 걸어가면서도 가방에 종이와 오일 파스텔을 챙겨 다녔다. 말할 사람이 없었고, 지나가다 말을 거는 사람들은 시시했다. 한국인이라고 하면 북한과 남한 이야기를 시작하거나 동양 여자를 위아래로 훑어보는 목적 뚜렷한 사람이거나. 생긴 건 다 다른데 어떤 부류로 묶이는 게 신기했다.

사실 매일 밤 11시면 숙소 뒷마당에서 맥주와 와인을 마셨다. 어차피 마시고 잠에 들 것이니 아무도 모르겠지. 게스트하우스의 빈 술병은 부정적인 의미를 가지지 않았으니까. 물론 낮 시간 손님들이 관광을 나가고 아무도 없는 시간에도 술을 마셨다. 내 자유 시간엔 항상 술과 스케치북, 오일 파스텔의 3종 세트와 함께였다. 사람들이 어떻게 살아가고 시간을 보내는지, 내가 잠들지 않은 16~18시간 가까이는 타인들의 삶을 시청하는 데 보냈다. 어린아이도, 젊은이도, 늙은이도, 동양인도, 서양인도 모두가 잠을 자고 일어나 먹고 움직이고 웃고 울고 심심해하고 다시 잠을 잤다.

삶은 각기 다른 자연물과 인공물 그리고 다른 사람들이 풍경이 되어 개인의 삶을 만드는 순간이 되었다.

그가 나와 함께 게스트하우스 일을 하게 된 건 행운이었을까, 재앙이었을까. 비자 문제로 한국에 들어간 게스트하우스 사장님을 대신할 스태프로 뽑힌 준기는 나와 동갑이었다.

"안녕. 동갑인데 우리 말 편하게 할까?"

준기는 외향적인 성격인가 싶었지만, 손님들과 따로 술자리를 갖거나 이야기를 하진 않는 타입이었다. 그는 잘생긴 외모에 어울리는 적당한 까칠함으로 남녀불문 들었다 내려놓는 솜씨를 가지고 있었다. 살짝 미소 지으면 모든 실수가 마법 미소 담요로 덮였겠지? 속으로 생각한 말이 무심결에 입 밖으로 나와버렸다. 준기는 하하하 웃다가, 자기가 잘생겼냐고 되물었다.

"잘생겼지. 근데 잘생기고 예쁜 사람들은 자기 외모가 표준 이상인 걸 몰라야 더 빛이 난다는 국룰 몰라?"라는 내 대답에, "그런 국룰은 개소리"라고 답했다. 매일 보는 자기 모습을 남들이 선망하는 걸 모르는 것은 배반의 행위라고. 참 솔직한 잘생김이네. 나는 잘생긴 사람과 예쁜 사람에게 거리를 두었지만, 이렇게 솔직한 잘생김은 처음이었다.

그는 스스로를 도망자라고 말했다. 음악을 하고 싶었다는 준기는 고등학교 때 여고에 공연을 가던 나름 유명한 밴드의 멤버였다고 말했다. 자기가 보컬을 맡았는데, 자기가 웃어주면 참 반응이 좋았다고.

준기는 얼마 전 이베이(Ebay) 경매로 중고 기타를 사 왔다. 게스트하우스 일을 끝내고 자유 시간이 되면 나는 미술관과 공원으로 향했고, 그는 방에서 기타를 가지고 놀았다. 주 1회 정도 손님이 없는 한적한 날에 나는 그려놓은 그림을 바닥에 깔고 방구석 전시회를 열었다. 관객은 준기 1명. 그리고 아무도 없는 전시회의 특별 연주회에서 기타리스트 준기는 작가를 위한 곡을 연주했다. 우리의 이런 모습에 한국에 있던 사장님은 예체능 스태프라며, '게스트하우스의 예술인 스태프를 만나보라'는 문구로 홍보하자는 말을 꺼냈다. 우린 상의하지 않았지만, 그날 이후 사장님께 그림과 기타 이야기는 꺼내지 않았다.

"예술로 돈을 벌고 사는 게 왜 어려울까? "

준기가 저녁 김치찌개에 넣을 고기를 썰며 말했다.

"희정아 넌 그림 그려서 뭐 하려고 그걸 전공했어?"

"뭘 하려고 그림을 그리진 않았어. 넌 뭐가 되려고 기타를 쳐?"

"나도 잘 모르겠어."

계란말이용 볼에 계란을 깨면서 그에게 질문했다.

"넌 네가 뭘 하고 싶은지도 모르면서 사냐?"

"그럼 넌 뭐 아냐?"

"몰라. 그림도 뭔가 하거나 되려고 그리는 게 아니라… 그런 거지. 그… 호수 가면 오리가 걷다가 물 위로 점프하잖아. 그거 왜 그러는지 알아?"

"왜? 오리가 물 위로 점프하는 게 이유가 따로 있어?"

"넌 그것도 모르냐? 오리니까. 날다가 팔 아파서 물 위에서 쉬는 거지. 가끔 사냥도 하고. 양파 좀 썰어줄래?"

연석이에게 오늘 준기와 이야기 나눈 것을 말했다. 조잘조잘.

"내가 미술학원 가고 싶다고 말했을 때 아빠랑 엄마랑 싸웠다고 했어. 아빠는 자기 고등학교 친구가 미술을 전공해서 화가가 됐는데, 삶이 너무 팍팍하다고, 미술 배우는 건 돈이 안 된다고 말렸다고 엄마한테 들었어. 그리고 엄마는 딸이 미술 전공하면 시집을 잘 간다고, 우리 딸 나중에 시집 잘 가려면 미술 공부 해야 한다면서 싸웠대."

"결국 넌 미술 전공을 했네?"

"그러게. 결국 난 미술 전공을 했고, 결혼도 잘 하고 돈도 못 벌고 엄마 아빠 말이 다 맞네? 그런 건가?"

엄마 아빠는 내 인생에, 내 진로에 어느 하나 도움이 안된다고 생각했는데, 돌이켜보면… 둘은 싸울 필요가 없었다. 나는 연석이 같은 좋은 남자와 결혼을 했고, 아빠 말대로 예술 한량이 되었다.

"너는 왜 그림을 그리고 싶었어? 미술학원 가고 싶다고 한 동기가 있을 거 아니야."

연석이는 하품을 하며 내게 물었다.

"나는… 공부는 재미가 없었어. 공부하면 시간이 흐르잖아. 30분, 33분 이렇게 시간 가는 게 보이거든? 근데 그림 그리면 누가 그만하라고 할 때까지 재밌게 하게 돼. 그리고 잘해. 학교에서 잘한다고 칭찬받은 게 그림이야."

"희정아, 그럼 엄마가 네 재능을 알아봐준 거 아닐까?"

연석은 가끔 이런 소리를 했다. 아직은 다 터놓고 내 입장의 가족 이야기를 정리하지 못한 상황이어서 그런지 요즘 들어 자주 이런 상황이 벌어졌다.

"연석아. 난 있잖아. 엄마랑 잘 지내고 싶은 마음이 없는 것 같아. 엄마란 사람은 날 도구로 생각하는 것 같아. 내 재능을 엄마가 알아봐준 게 아니냐는 말 있지? 말도 안 돼. 엄마는 좋은 사위 보기 위한 구실로 내가 미술 했으면 했는지도 몰라."

"좋은 사위? 내가 좋은 사위면 나도 좋고 너도 좋은 거 아니야?"

"엄마 입에서 '다 널 위해서야'가 붙어 나온 어떤 말도 정작 날 위한 건 없었어. 참 이상하지? 딸이 어떻게 지내는지, 뭘 좋아하고 싫어하는지 엄만 묻지 않았어. 아빠도 내게 그런 걸 물은 적 없어서 그런가. 난 그냥 내 얘기를 편하게 하는 게 어려워서 그림을 그린 걸지도 몰라."

"희정이 넌 나한텐 말 잘하잖아."

"넌 나를 궁금해하고, 내 얘기를 듣잖아. 그리고 이해가 되지 않으면 다시 질문하잖아. 우리 엄마는 자기가 이해하지 못하는 건 다 미친 것, 이상한 사람으로 치부해버려. 혹은 '너네 아빠 식구 닮아서 네가 그 모양'이라고 하든지. 내가 무슨 말을 하잖아? 그럼 화를 내거나, 자기가 싫어하는 사람을 투영해. 난 말야. 엄마가 불편해."

"엄마가 네 입을 막아서 넌 그림으로 네 감정을 그리게 된 거야. 어쩌면 한 방향의 소통을 죽이고 다른 방향을 발전시키는 데 지대한 영향을 주셨네, 장모님이."

"후천적 환경을 만들어준 거네. 참. 고맙다고 해야 하나?"

내일모레 논문 1차 심사라 준비할 게 많아 오래 통화 못 할 거라던 그는 이날 2시간 20분 동안 핸드폰을 들고 있었다.

또다시 외국으로 떠난다는 큰딸에게 엄마는 촉촉하고 원망 섞인 눈빛을 보냈다. 너는 매정해서, 아빠를 닮아 사람을 칼처럼 잘라낸다는 말을 덧붙였고, 자기 엄마를 돌보고 동생들을 뒷받침해야 하는 집안의 기둥이 혼자 도망간다고 울음 섞인 고함도 뒤통수에 뱉었다. **'집안의 기둥'**, 엄마가 대학 입시 때 내게 **'돈 먹는 하마'**라는 별명을 붙여주던 게 떠올랐다. 참 이상하게도 엄마를 떠나는데 아빠가 떠날 때처럼 내 시간은 늘어났고, 머리 아플 일이 줄었다는 게 한편으로 맘이 쓰렸다.

오랜만에 엄마한테 전화를, 아니다 영국 오고 처음 그녀에게 전화를 걸었다. 그냥 좀 전에 날 낳아준 엄마를 욕한 것 같아 일종의 죄책감을 덜고자 통화 버튼을 눌렀다.

"엄마, 안녕. 잘 지내?"

"어, 그래. 엄마는 뭐 항상 바쁘지. 글쎄 이번에 일하는 곳에서 니네 할머니 같은 사람이랑 매칭을 시켜줘서 얼마나 고생했는지 알아? 아고… 노인이 참 여우 같아. 늙은 여우. 하는 짓이 참 고약해. 돈 벌기 힘들어. 엄마가 이렇게 나이 들어서 여기저기 아파도 일하고 있는데 너는 혼자 유럽 가서 팔자 좋게 시간 보내고 있으니 엄마가 창피해서 친구들을 못 본다. 네가 그때 아빠 보험금만 받아 왔어도 상황이 많이 달라졌을 텐데 말이야. 그리고 엄마가 소개 아직 못 했지만 너 한국 들어오면 식사 자리 만들어봐. 소개할 사람 있어."

"…"

"얘. 들리니? 끊겼나?"

"엄마."

"어. 들린다. 그 소개할 사람이 누구냐면…"

"엄마. 엄마. 엄마.엄마. 엄마. 엄마!!!!!!!!!! 엄마는 나한테 궁금한 게 없어?"

"뭐? 얘가 왜 이래? 왜 짜증이야, 이년이 버르장머리 없이!"

오늘도 런던엔 비가 내린다. 서늘하고 어둑하니 따뜻한 티를 마실 시간이다. 문을 걸어 잠가도 문이 부서지도록 발로 방문을 걷어차던 엄마는 한국에 있었다. 내가 전화를 끊어도 엄마는 내 등짝을 때리러 올 수 없었다. 소리 없이 울지 않아도 괜찮았고, 머리채 잡힐 일도 없었다. 엄마가 나를 때리려면 비행기를 타고 이곳에 와야 했는데 그런 일은 일어나지 않았다. 한국의 반대편에 와도 그녀는 나에게 관심 없는 남보다 못한 존재란 걸 받아들일 수밖에 없었다. 4개월의 시간은 결코 짧지 않은 시간이었다. 아빠는 하늘로 갔으니 연락할 수 없었고, 엄마는 같은 하늘 아래 있지만 그녀에겐 나는 유용하고 이용 가치 있는 자식 1번일 뿐이었으니.

　　한동안 자리에 앉아 아빠의 망언 에피소드 수첩에서 '부모와 자식' 편을 꺼내 곱씹었다. 아빠가 말하길, 자식과 부인은 또다시 만나거나 만들 수 있어도, 부모는 생에 단 한 번 만나 인연을 이어가는 존재라고 했다. 그러니 당신은 아내와 자식은 두고 떠날 수 있다고. 그래. 아빠가 내게 했던 말이다. 어린 나이에 이 말을 듣고 솔직히 이기적인 미친놈인가 싶었다. 날 낳아놓은 아빠라는 사람이 날 클론 취급한 것이나 다름없다고 생각했으니까. 이름 '박희정', 박수영과 김미애의 '클론 1', 성별 여. 이런 느낌? 차 한 모금 넘기다 이번엔 아빠의 말에서 더 치사한 장치도 발견해버렸다. 당신은 날 버려도, 나란 클론 1은 나의 부모를 버리면 안 된다는 말까지 붙여놓은 거다. 부모를 섬기고 모셔야 하는 내게 있어 당신들은 하나이기 때문에.

　　차를 단숨에 넘기고, 냉장고에서 맥주를 꺼내 왔다. 차가운 병맥주의 뚜껑을 열고 머그잔에 콸콸 따라냈다. 그리고 절반을 마시고 외쳤다.

"크~~~! 클론 2, 클론 3, 클론 4 들이 챙기겠지 뭐. 난 모르겠다. 난 '자아'가 생겨버려서 더 이상 '클론'이 아닌걸? 난 사람이야!"

올어바웃런던 게스트하우스 옆집엔 블러디 헬 백발 노부부가 살고 있다. 아침에 어둑한 런던의 하늘을 배경으로 차 한잔 마시고 있으면 마당에 하얀 담배꽁초가 왼쪽에서 오른쪽으로 포물선을 그리며 2개 3개 넘어온다. 옆집 할아버지는 매일 자기 앞마당 정원을 정리하며, 플랫 위층에서 던진 꽁초를 모아 우리 마당에 넘긴다. 할아버지는 빨래를 너는 내가 영어를 못 알아들을 거라고 생각했는지, '우리 플랫에 매일 캐리어를 들고 낯선 사람들이 모이는 걸 보니 동양 애들이 몸을 파는 곳이거나 마약하는 이웃이 생겼다'고 '블러디 헬 블라블라'거렸다. 하늘은 뚫려 있고, 우리를 가르는 건 내부엔 벽과 외부엔 벽잔디뿐인데, 마주칠 때면 "헬로 에이시언 메이트"라고 인사하고 집으로 들어가는 그는 내게 미스터리였다. 한번은 빨래를 다 널고 낮은 텐트 의자를 펴고 마당에 앉아 하늘을 보고 있었는데, 어김없이 담배꽁초가 포물선을 그리며 옆집 마당에서 넘어왔다.

"헬로 마이 디어 네이버? 와이 돈 유 스탑 디스? 아 돈 라이크 디스 카인드 오브 프레젠트, 화이트 잉글리시 메이트?"

벽잔디 위로 그의 얼굴이 보였다. 그는 내가 영어로 말하는 걸 듣고 진심으로 놀란 눈치였다. 그의 얼굴은 벌겋게 변했고, 뜬 금없이 "유 워너 컵 옵 티?"라고 말했다.
'망할 노인네.'
그는 자신은 이미 마시고 있으니 네것만 준비하라고 말했다.

"할아버지. 우리 집 마당에 왜 담배꽁초 버리는 거예요?"
"너네 집에 들른 사람들이 담배꽁초를 우리 집에 버리고 있어. 으이고. 난 돌려준 것뿐이야."
"그거 위에서 버린 거예요. 내가 봤어요. 그리고 우리 집 마당엔 이미 재떨이가 있다구요. 우리 거 아니에요."

할아버지와 나는 벽잔디를 사이에 두고 각자의 플랫 정원에 서서 티를 마시며 이야기를 나눴다. 그는 곤란한 상황이면 얼굴이 붉어지는 것 같았다. 차를 호로록 마시곤 블라블라 영국식 욕을 **'피시앤칩스처럼 비리게'** 윗층에 퍼부었다. 그리고 자기는 이제 들어가보겠다고 말했다.

이날 이후 바뀐 점이 있다. 가끔 신문과 우편물에 섞여 오던 **'너희 나라로 돌아가라'**는 익명의 쪽지는 사라졌고, 가끔 맛없는 딱딱한 딸기 한 상자가 문 앞에 놓인 것이다. 가끔 쪽지엔 **'from a neighbor'**가 적혀 있었다.

할아버지는 가끔 정원 너머로 나를 불렀다. 꼭 벽잔디 너머로 **"컵 오브 티?"**를 외치고 자기는 이미 차가 있으니 네 거 타서 나오라는 말을 외치고 껄껄 웃었다. 옆집이라 이제 한번 초대해도 되지 않나 싶었지만, 그는 각자의 정원에서 말만 하기를 원하는 듯 보였다. 자기는 은퇴한 지 5년째고 아이가 3명이 있는데 어쩌고저쩌고… 어디서 많이 듣던 레퍼토리가 시작되었다. 그는 항상 혼자였는데, 북적이는 우리 플랫이 궁금했나 보다. 부부인 줄 알았던 백발의 할머니는 알고 보니 가끔 청소하러 오시는 분이란다.

할아버지의 말을 반은 알아듣고 반은 놓쳤다. 그저 영국인의 수다가 내게 영어 듣기 시험 같기도 하고, 가끔 호응을 붙이면 웃음소리를 들을 수 있다는 거? 이게 좀 재밌기는 했다. 준기는 할아버지가 출동하는 벽잔디 쪽으로는 발을 들이지 않았다. 꼭 저런 백발 할아버지는 나중에 일을 낸다고 꿍얼거리는 걸 보니, 최근에 본 영화에 나온 킬러가 백발노인이었나 보다.

준기가 영어로 말하는 건 한 번도 보지 못했다. 그가 영어를 잘하든 못하든 나와 전혀 상관없었지만, 그는 나를 포함한 모두에게 자신이 잘하지 못하는 것을 감추고 있었다. 영국으로 도망친 것도 우리가 맥주병을 비우던 어느 날 저녁에 겨우 들었는데, 대학 선배가 운영하는 작은 회사에 들어가 그곳에서 꽤 예쁜 막내로 생활하다가 **"도비 이즈 프리"**를 외치며 이곳에 왔다고. <해리 포터> 굿즈나 영화, 연극엔 관심이 없어 보였는데, 그 유명한 퇴사 짤을 알고 모르고는 별개의 것인가 보다 했다.

 "준기야, 옆집 할아버지랑 얘기 좀 해봐. 나보다 네가 여기 더 머무를 텐데, 친해지면 좋지 않아?"

 아무 이유 없이 옆집 할아버지와 친해지라고 말하기 어색해서 건넨 말이었다. 한인 민박에서의 낯선 느낌과 외국의 설렘은 어느새 사라지고, 낯선 이에게 생긴 호기심도 자연히 사라지는 법. 우린 처음 같이 일하게 된 날로부터 한 달 하고 2주가 지난 이후로 서로 이야기를 나누거나 농담도 나누지 않았다. 우리 사이엔 공통 관심사가 있지 않았고, 그 애보다 민박집 앞마당 덩굴이 자라는 것에 더 관심이 있던 내가 뭐라 할 처지는 아니었다.

 가끔씩 이상한 게스트가 있을 땐 맥주 한잔하며 그에 대한 이야기를 나눴고, 게스트들의 관광 시간엔 각자 시간을 보냈다. 그는 기타를 치고, 나는 그림을 그렸다. 영어로 가득한 이곳의 풍경에서 낯선 기운이 사라졌다. 비일상적인 런던의 삶은 어느새 일상이 되었고, 매일 바뀌는 게스트의 한껏 업된 기운에도 익숙해졌다. 물론 옆집 블러디 할아버지도 나도 준기도 모두가 어제와 같은 오늘과 오늘과 같을 내일에 따분함을 느꼈는지는 모르겠다. 하지만 이 따분함은 내게 있어서는 처음 느껴보는 편안함이었고, 따분함을 따분함으로 느끼기는 처음이었다. 거실 너머로 들려오던 기타 소리가 멈췄다. 그리고 준기의 발걸음 소리가 들려온다.

"똑똑. 뭐 좀 물어보려고. 너 언제 돌아갈 거야?"

"글쎄 곧?"

"아, 알겠어."

준기는 돌아가 다시 기타를 쳤다. 그날 그의 물음에 '왜?'라는 질문을 던지지 않는 나를 의식하고, 달력을 봤다. 벌써 이곳에서 5개월의 시간이 흘렀구나. 달력을 보지 않은 지 오래되었고, 이제는 뭘 하지 않아도 되는 이 시간을 끝낼 때가 왔다는 걸 받아들이기로 했다. 캐리어를 꺼냈다. 그림을 챙기고 옷가지를 넣고 나니, 다시 빈 공간이 눈에 들어왔다.

　　<불안을 담은 캐리어>(이하 캐리어)를 쓴 이레이다 작가는, 여행 에세이 <까미노 여행 스케치>(이하 까미노)의 저자이기도 하다. <까미노>는 산티아고 순례길로 떠난 여성 예술가 '나'의 이야기이고, <캐리어>는 스페인과 런던으로 떠난 여성 예술가 '희정'의 이야기이니, 전작을 읽은 독자라면 <까미노>의 나와 <캐리어>의 희정을 비교하는 즐거움을 누릴 수도 있을 것이다. (여행자의 성별을 적은 것에 유감을 표한다. 그러나 이 두 작품에서 여성이라는 정체성은 중요한 의미를 가지기 때문에, 구태여 살려 적었다.) 하지만 에세이의 몸을 입은 <까미노>와 소설의 몸을 입은 <캐리어>는 비교될 수 있을지언정, 완벽하게 포개질 수는 없다. 에세이가 사실을 전달하는 데 기울어진 글이라면, 소설은 진실을 전달하는

데 기울어진 글이기 때문이다. 그러므로 <캐리어>를 읽는 동안, 독자는 허구적 글쓰기라는 형식 속에 숨겨진 진실의 방문을 받게 된다.

<캐리어>에는 무심코 지나쳐서는 안 될 명사들이 몇 가지 등장한다. 희정, 연석, 한국, 스페인, 런던 같은 고유명사와, 캐리어, 아버지, 어머니, 결혼, 꿈, 그림, 장례식장 같은 일반명사가 그것이다. 이 명사들은 실뜨기 놀이의 꼭짓점처럼 서로 연결되어 맞닿았다 풀어지기를 반복한다. 어느 꼭짓점끼리 맞닿았느냐에 따라, 실뜨기의 모양은 '아버지의 장례식장'이 되기도 하고 '희정의 런던 여행'이 되기도 한다. 독자가 해야 할 일은, 명사를 이어가며 실뜨기 모양에 담겨 있는 진실을 읽어내는 것이다.

여기 하나의 실뜨기 모양이 있다. 모양의 이름은 '아버지의 장례식장에 희정이 캐리어를 끌고 가다'이다. 시작점에 있는 명사는 캐리어다. 캐리어란 무엇인가. 재질이나 크기, 모양에 상관없이, 캐리어의 본질은 이동을 위한 도구라는 데 있다. 길에서 캐리어를 끄는 사람을 보면 이름 모를 타향을 무심코 상상하게 되는 것도 그 때문이다. 이동은 기존 장소와의 결별로 시작해서, 새로운 장소와의 만남으로 끝이 난다. 그래서 이

동에는 출발점과 도착점, 결별과 만남이 있다고 하는 것이다. 물리적인 이동은 심리적인 이동을 함께 가져오기 때문에, 이동하는 사람은 변화를 만드는 사람이기도 하다. 캐리어에 연결된 두 갈래 실을 따라가다 보면, 한쪽에는 희정이, 한쪽에는 희정의 아버지가 있다. 희정과 희정의 아버지는 모두 '캐리어를 끌고 떠나는 사람'이자, 변화를 불러오는 사람이다. 희정의 아버지는 이혼을 선택하면서 희정의 어머니와 희정의 삶을 바꿔놓았고, 희정은 집을 떠나면서 그녀 자신과 어머니, 연석의 삶을 바꿔놓았다. 다만 둘의 여로는 대조적이다.

희정의 아버지는 희정을 두고 집을 나가면서 소설의 뒤편으로 사라진다. 그는 장례식장에서 고인으로 다시 등장하는데, 그 사이에 그가 어떤 인생을 살았는지는 희정도, 독자도 알지 못한다. 다만 그가 완전한 종착점을 맞이했다는 것만을 알 수 있을 뿐이다. 이제 그는 어디로 떠나지도, 변화하지도 않은 채 과거의 어느 순간에 정지해 있을 것이다. 그는 더 나은 사람이 되거나, 희정에게 사과할 기회를 얻지 못할 것이다.

반면 희정은 끊임없이 여행하는 사람이다. 그것은 이 소설의 첫 장부터 끝장까지 그녀가 계속 이동하고 있음을 의미한다. 바로 눈에 띄는 것은 장소의 이동이다. 희정은 한국의 집에서 스페인 마드리드의 한인 민박으로, 스페인에서 장례식장으로, 장례식장에서 임시 숙소로, 임시 숙소에서 연석의 집으로, 연석의 집에서 런던으로 이동한다. 소설의 끝에 그녀는 한국으로 돌아가는 캐리어를 정리하면서 또 다른 이동을 암시한다.

장소에는 사람이 있다. 한 장소에서 다른 장소로 옮아갈 때마다 희정은 새로운 이름과 만나기도 하고, 과거의 이름과 헤어지기도 한다. 장소의 이동은 인간관계의 이동을 가져온다. 그런데 모든 이름이 겹치는 지점이 있다. 아버지의 장례식장이다. 장례식장을 떠나면서, 희정은 어머니와 민정과 멀어지고 연석과 더 가까워진다. 아버지의 부고가 아니었다면 스페인에서 집으로 돌아오는 것으로 멈췄을지 모를 여행은, 장례식장을 기점으로 새로운 방향으로 나아가기 시작한다. 그녀는 연석과 결혼을 하고 다시 런던으로 떠난다. 어머니와 민정 옆에 머물렀을지 모를 인연은 연석과 연석의 부모님, 런던에서 만난 사람들로 범위를 넓혀 나간다.

인간관계의 변화, 그러니까 외부의 변화는 대개 내면의 변화에서 오는 것이다. 변화를 불러오는 사람은 스스로 변화하는 사람이기도 하다. 그래서 이 소설은 희정의 성장담으로 귀결된다. 스페인으로 떠나기 전, 희정은 듣는 사람이었다. 희정에게 말을 거는 사람들 -어머니와 민정-은 본인의 어려움을 토로하며 희정의 이해를 구하면서도, 정작 희정의 어려움은 들으려 하지 않았다. 대화의 방향이 한쪽으로 쏠리고 화자와 청자가 고정되면, 청자는 화자를 이해해야 하는 의무를 일방적으로 짊어지게 된다. 그럴 때 대화는 소통이 아니라 무거운 책임이 된다. 희정의 경우, 그 무게는 '착하다'라는 말로 정당화되었다.

'왜?'라고 질문할 기회가 희정에게는 필요했다. '왜 착하게 살아야 하지?' '왜 참아야 하지?' 때로 질문을 던지려면 거리를 두고 바라보아야 한다. 그래서 희정은 스페인으로 떠나야 했다. 듣는 사람이 아니라 질문하는 사람이, 말하는 사람이 되기 위해서. 희정을 관찰하는 유일한 인물인 연석이 그녀에게 스페인 여행을 제안한 것은 당연한 일이었는지도 모른다.

스페인에서 희정은 가족에 대해, 사랑에 대해, 그리고 그림에 대해 다시 생각할 시간을 갖는다. 그녀는 생각하면서 아프고, 앓으면서 생각한다. 아버지의 부고를 받았을 때, 그녀는 변화할 준비를 마친 상태였을 것이다. 한국으로 돌아온 희정은 마침내 청자의 자리에서 벗어난다. 그녀는 자신의 힘듦을 민정에게, 연석에게, 연석의 부모님에게 털어놓으면서 '말하는 사람'이 된다. 관계의 전복을 받아들인 사람은 가까워지고, 받아들이지 못한 사람은 멀어진다.

희정은 런던으로 떠나 '나의 꿈'과 '나의 가정'에 대해 말한다. 연석에게, 런던에서 만난 사람들에게, 그리고 스스로와 독자에게 꿈과 가정이 양립할 수 있을지, 가정이 꿈을 잡아먹어 버리지는 않을지를 질문한다. 그녀는 이제 개인의 삶에 대해 생각하고, 개인의 삶에 대해 질문하고, 개인의 삶에 대해 말하기를 서슴지 않는다. '나'로 사는 것은 어렵고 정답이 없어 보이지만, 그럼에도 불구하고 희정은 -희정 자신이 말했듯이- 클론이 아닌 자아를 가진 사람으로 살기를 선택한다.

희정은 멈추지 않고 계속 여행하며, 변화하며, 삶의 길을 새롭게 만들어 나간다. 죽은 사람은 더 이상 변화할 수 없기에, 변화는 산 사람의 특권이자 삶의 증명이다. 그래서 희정에게 여행은 삶이다. 그녀는 늘 고민하면서도 늘 살아가고자 한다. 여행을 하는 동안 사람은 발꿈치 뒤로 불안을 끌면서도 계속 살아갈 수 있다. 그 길은 언제나 오르막일 필요는 없다. 여행자에게 하나의 길은, 얼마나 험하든 간에 다른 길을 떠날 수 있는 용기를 줄 것이다. 정지하지 않는 사람에게 도착점은 새로운 시작점이 된다. 희정의 여행이 그럴 것이다.

참고 버티고 현상 유지하는 게 최선이라고 생각하며 살았
다. 사람은 고쳐 쓰는 게 아니라는 말에 틀린 것 없더라. 사회
의 규범과 관습은 바꾸기 어려운 것이고, 그나마 단체 속 개인
의 이미지를 바꾸는 가장 빠르고 좋은 방법은 소속을 바꾸는
것이라는 걸 성인이 되며 알게 되었다. 경제 활동을 해야 하는
어른이 되면, 직장을 옮긴다는, 누군가에겐 간단한 문제가 누
군가에겐 다시 태어나는 것보다 어려운 문제일 수도 있다.

버티라고들 말하더라. 어쩔 수 없다고. 자기 경험으로 어느
언덕까지 오르면, 어느 나이까지 참으면 괜찮아진다고 하는

사람치고 편하게, 멋지게 사는 사람은 보지 못했다. 핸드폰 펌웨어 업데이트도 매 분기 이뤄지는데 인간관계에서는 상황의 변화를 업데이트하기를 거부하는 사람이 많다. 특히 가족 간에 이미 형성된 관계는 벗어나기도 어렵고, 이해하려는 노력조차 없는 경우가 많다.

거울을 보면 내가 어떻게 생겼는지, 뭐가 잘 어울리고 안 어울리는지 알 수 있다. 사람들이 거울을 보는 데는 각기 다른 이유와 목적이 있지만, 대부분 남들이 나를 어떤 모습으로 보는지 확인하려 거울 앞에 선다. 하지만 가끔은 당신이 어떻게 생겼는지, 무슨 표정인지 살펴보기 위해 거울 앞에 서기를 바란다. 홀로 거울을 보는 행위의 이면엔 언제나 당신의 모습을 평가하고 지시하려는 무리가 있지만, 당신 혼자 있는 장소 혹은 낯선 장소에서 천천히 스스로를 바라보는 것도 중요하단 걸 잊지 말자.

버텨봐라. 계속 버티다가 힘들면 그냥 넘어져버리기도 하자. 그리고 가끔은 도망도 가고, 수습도 하고. 세상은 그렇게 완벽하지 않고, 나도 당신도 매일 다르게 어떻게 될지 모르는 삶을 살아가고 있으니 너무 애쓰지 말자.

애쓰기도 힘든데 '너무'까지 붙으면 너무너무 힘드니까.

부디 당신의 캐리어 속 빈 공간을 잘 살펴보시길 바랍니다.

2021년 10월 이레이다.

Gracias.

감사합니다.

Thank you.